小学館文庫

後宮の巫女は妃にならない

美しさは罪ですか?

貴嶋 啓

小学館

いにしえの時代、神鬼の意を占う巫女《みこ》あり。
神に通じ、鬼《死者》に通じる彼《か》の者たちは、その力を以《もっ》て王の治世を補佐したもう。
よってその存在、あまねく国の行く末を占うものなり——。

CONTENTS

後宮の巫女は妃にならない

Kokyu no Miko wa Kisaki ni Naranai

Kei Kijima Presents

美しさは罪ですか?

序章

「いつにしようか」

　それは芽吹きの季節。土のなかからさまざまな春の新芽がひょっこりと顔を出しはじめるころのことだった。

「はい？　なにをですか？」

　きょろきょろと、あたりに死霊がいないことを確認しながら歩いていた螢那《けいな》は、上の空で訊《き》き返した。……というより、もとより彼女は侑彗《ゆうけい》の言うことにあまり興味がない。

「妃《きさき》への冊封《さくほう》の儀だよ」

「ぎゃあっ、死霊！　って、思いましたけどただの柳でし……って、はいい？」

　あやうく侑彗の言葉を聞き流しかけた螢那は、慌てて彼を振り仰いだ。冊封とはつまり、正式に妃に立てられるという意味だからだ。

「侶賢妃《りょけんぴ》の件のほとぼりも冷めたころだし、そろそろいいと思うんだよね」

「――なにをまた世迷言《よまいごと》を……」

そして螢那は、あいかわらず無駄にきらきらした笑みを向けてくる侑彗に顔をひきつらせる。

『琰《えん》王朝にかけられた呪いを解き、世継ぎ問題を解決できるのは巫女《みこ》のみ』

この国の高祖は、かつてそんなハタ迷惑な予言を遺《のこ》したのだという。

それを真に受けているらしいこの当代の皇太子――侑彗は、暇さえあればこうして螢那を口説いてくる。

なぜなら螢那が、代々続く巫女の一族の血を引いているからだ。

とはいえ、実際の巫女は神秘を演出しただけのイカサマ師である。

そして螢那自身、呪いもまじないもできない「ちょっと死霊が見えるだけの普通の人間」だ。これまで何度となく「巫女に不思議な力などない」「予言なんて嘘《うそ》っぱちだ」と告げてきたのに、侑彗はそれをものともせずにしつこく言い寄ってくる。

「だって君、陛下の妃になるのは嫌なんだろう？」

「嫌ですよ」

「だったら、僕の妃になるってことじゃないか」

「……だから私の将来には、その二択しかないんですかね？」

「うん」

「うん、じゃない!!」

螢那は相手がやんごとない身分であることも忘れて怒鳴った。嫌味がまったく効いていないのはどういうことか。

「そうだね。陛下の妃に、なんていう皇后の戯言《たわごと》なんて気にしなくていいよ。君には僕の妃になるって以外の未来なんてないんだし」

「勝手に他人《ひと》の人生を決めないでくださいー!」

図々《ずうずう》しすぎると螢那は冷ややかな眼差《まなざ》しを返したが、彼女の言葉が聞こえているのかいないのか、侑彗はせつなげなため息をこぼした。

「ああ、君にこの気持ちをわかってもらうために、僕はどうしたらいいんだろう」

「無駄な努力ですー」

なにをされても理解できるわけがない。なのにげんなりとする螢那にかまわず、侑彗は彼女の手を握りしめ、さらにささやいてくる。

「寂しいことを言ってくれるね。僕はいつだって君に夢中なのに。ああそうだ。昨夜予知夢を見たんだ。鳳凰《ほうおう》の冠をかぶって金襴《きんらん》の衣に身をつつんだ君が、僕の隣でやさしく微笑《ほほえ》んでいる、ね」

「ただの妄想ですー」

「君だって聞いただろう? 僕が『かりそめの皇太子』と呼ばれているのを。陛下の実子ではない僕を、皇位継承者と見なさない者なんてごまんといるんだ。でも君さえそばにいてくれたら、僕はきっとなんだってできる」

「はははー、頼むから一回くたばってくださいー!!」

皇位継承になど、心の底から関わりたくない。

いいかげんにしてほしくて、螢那は思いきり侑彗の手を振り払った。そして彼がふたたび口説き文句を繰りだしてこないうちに、その前から逃亡した。

そもそもの話では、螢那が「琰王朝にかけられた呪い」とやらを解くことができれば、皇城から出してくれるという約束ではなかったのか。

いつの間にかいろいろ外堀を埋めてきて、「陛下の妃が嫌なら僕の妃になりたいってこと」とは開いた口が塞がらない。

だいたい彼によって後宮に拉致《らち》されてきてからというもの、斬首されそうになったり、短刀で刺されかけたりと、さんざんな目に遭ってばかりだ。

それらひとつひとつの記憶が脳裏によみがえり、螢那は「ああ、もう！」と叫んだ。

「本当に、一回くらいくたばってくれればいいんですよ！　そう、くたばって――」

そう愚痴ったときだった。どこからか甲高《かんだか》い悲鳴が聞こえてきた。

「きゃあああ！　人が死んでる！」

「え、まさか侑彗殿ですか？」

口に出した願望が叶《かな》ってしまったのか。そう思いかけたが、彼とはさきほど別れたばかりである。この方向から、そんな声が聞こえてくるはずがない。

「じゃあ誰が……？」

螢那は悲鳴の上がった方向へ足を向けた。騒いでいる声をたどると、小屋のようなところに人だかりができている。

「なにがあったんですか？」

近くにいた宦官《かんがん》を捕まえて訊《たず》ねると、彼は興奮したように答えた。

「し、死体だよ！　この薪小屋《まきごや》のなかで宮女が殺されてたんだ！」

「さ、殺人ですか？」

病死でも事故死でもなく――？

物騒な話に、螢那は反射的にキョロキョロと視線を走らせたのだが――。

「馬鹿言わないで！　桂花《けいか》は自殺したんだわ！　あの子、上官から厳しくあたられて、ずっと悩んでいたもの！」

螢那たちの話が聞こえたようで、生前を知っているらしい若い宮女がわっと泣きだした。

「そんなわけないだろ！　死んでいた宮女は裸だったっていうじゃないか！　それにあざとか傷がたくさんあったって！　きっとつきあってた宦官に、痴情のもつれかなんかで殺されたんだよ！」

「だって、内側からつっかい棒がされていて、扉がまったく開かなかったのよ!?　誰かが彼女を殺したっていうなら、犯人はどこに逃げたのよ！」

「じゃあ、自殺する人間が、わざわざ自分で服をぬいでから死んだとでも言うのか!?　そんなわけあるか！」

　白熱する宮女と宦官の議論に口を挟んだのは、年嵩《としかさ》の女官だった。

「言いがかりはおやめなさい！　あの子はそんな乱れた子じゃありませんでしたよ！　桂花は殺されたんです！『北苑《ほくえん》の呪い』によって！」

「また新しい呪いが出てきましたー!!」

　螢那は思わず叫んでしまった。

「華妃《かひ》娘娘《ニャンニャン》の呪い」に「侶賢妃の呪い」ときて、今度は「北苑の呪い」というらしい。本当に、この後宮にはいったいいくつの呪いが存在しているのか。

「ええと、整理するとつまり、桂花さんという宮女の方が、つっかい棒のされた密室のなか、衣服を着ていない状態で亡くなっていたということですね？」

　この世に呪いなんてあるものか。そうあきれながら訊ねると、宮女は気を高ぶらせたまま答えた。

「そうよ！　昨日から桂花の姿が見えなくて、麗仁殿《れいじんでん》のみんなで捜してたのよ！　それでこの小屋の扉が開かないことに気づいて、壊してなかに入ったの。そうしたら、奥に彼女の死体が――」

「見せてくださいませんか？」

「え？　なにを？」

宮女は怪訝《けげん》そうに眉をひそめた。

「その死体を私に見せてください」

「はあ!?」

殺人なのか自殺なのかはともかく、もし未練などがあるなら、死霊となってあとから現れるかもしれない。もし遭遇してしまったらすばやく回避できるよう、死んだ状況を知っておきたかった。

「なに言ってんだ、あんた？」

「身体《からだ》に傷やあざがあったとのことですが、目や耳からの出血はありましたかね？それから顔色は青黒かったりしますか？　歯肉や爪の色はどうでしょう？」

「ねえ、ちょっと……」

「あ、心配してくださらなくて大丈夫です。死体とは、ちょっと前まで生きていた身体ですからね」

啞然《あぜん》としている面々にかまわず、螢那は無理やり人垣のなかへ割りこもうとする。

「なにを勝手に入ろうとしているんです！　担当の掖庭官《えきていかん》が来るまで、立ち入り禁止ですよ!?」

女官に叱責《しっせき》され、宦官に羽交い締めにされる。

螢那は不本意ながらさきほど侑彗と別れたことを後悔した。腐っても皇太子。彼と一緒だったら、きっとなかに入れてもらえたのに。

だけど、いまはそんなことを言ってもしょうがない。

「お願いです。私にその死体を……死体を見せてください――！」

周囲がドン引きしていることにも気づかず、螢那は声をかぎりに叫んだのだった。

第一章　気鬱《きうつ》の病なんて嘘ですよね？

「ちょっと！　茶はまだかい？」

春らんまんの皇后宮の一角で、老婆のするどい叱責が飛んだ。

「はい！　ただいま！」

螢那は慌てて駆けより、寝台に身体を起こした老婆へ淹《い》れたばかりの茶を差しだした。上等の茶葉を使った茉莉花茶《ジャスミンティー》は、香りよく湯気をくゆらせているはずである。しかし——。

「ぬるいねえ。飲めたもんじゃないよ。茶器はちゃんと温めてから淹れたのかい？」

「すみませんっ！」

ひと口含んだだけで文句を言われ、螢那はぴしりと気をつけをする。

「謝るだけなら子供だってできるよ！　さっさと淹れなおしな！」

「はいぃぃ！」

あたふたとしながら螢那は走りまわる。しかしふたたび湯を取りにいこうとしたところで、「ん？」と我に返った。

「いったい私は、ここでなにをしているのでしょう？」

たしか皇后様に「病人を診《み》てほしい」と頼まれて、ここに来たのではなかっただろうか。

この部屋――つまり皇后の乳母の居室に。

「それからなんだい、いつまでも木蓮《もくれん》の花なんて飾って！　海棠《かいどう》なり木香薔薇《もっこうばら》なり庭にいくらでも咲いているだろう！　初物を活《い》けるくらいの配慮はないのかい!?　まったく気がきかないねえ！」

そして、嫌味ったらしくそう言い放ったこの老婆こそ、病が篤《あつ》いという皇后の乳母――婉環《えんかん》のはずなのだが……。

「……ええと、本当に病人なんですか？」

思わず振り向いて、螢那はまじまじと乳母を見つめてしまう。

「なにか言ったかい？」

「いえ！　でもその、いま気づいたんですが、なぜ私が、乳母様に茶を淹れなければならないんでしょう？」

螢那は皇后宮の宮女ではない。太卜署《たいぼくしょ》の女官である。

太卜署とは、古い時代においては国家の卜占《ぼくせん》を司《つかさど》り、王の統治を補佐したとされている官署である。

しかし時代の移ろいとともに巫女は迫害されるようになり、太卜署もその地位を失った。

それは禁巫《きんふ》の令が取り消されたいまの琰王朝になっても同様であり、その役職は完全に形骸《けいがい》化している。そのためその女官たる螢那としても、たいした仕事があるわけではない。

とはいえ、この皇后宮の女官でも宮女でもないのだから、螢那が皇后の乳母の命令に従う必要はないはず――。

「ごちゃごちゃうるさいねえ！　さっさとおやり！」

「ひーっ!!」

しかし老婆に強く言われると、螢那は祖母を思い出して勝手に身体が動いてしまうのだ。

そう、螢那に地獄の英才《スパルタ》巫女教育を施したあの祖母を――。

巫女であった祖母は、死霊が見える孫娘の体質に期待をしたのか、幼いころから彼女にさまざまな死者と対面させた。

長患いしていた老婦人の遺体といっしょに棺桶《かんおけ》に一昼夜閉じこめられたなどは、可愛《かわい》いものだ。

水死した死霊と同調しろと言われ、川で足を引っ張る手を感じながら延々と寒中水泳させられたこともあるし、墓地で首まで埋められ、死霊に囲まれるなか飢えた野犬に顔をなめられて一晩過ごしたりしたこともある。

しかしそんな数々の虐待――もとい厳しい教育のせいで、逆に螢那が死霊をまったく受けつけない人間になってしまったのは、皮肉というものである。

つまり祖母の目論見《もくろみ》は完全に外れたわけだが、恐怖とともに刻まれたその記憶が彼女のなかから消えたわけではない。

祖母のような高齢の女性を前にすると、螢那は条件反射的に固まってしまい、言いなりになってしまうのだ。螢那自身、そんな自分に気づいたのははじめてであったが……。

まずは茶を淹れなおさなければと、焦《あせ》りながら急須を取りにいこうとすると、その忙《せわ》しない様子が気に入らなかったのか、乳母はこれ見よがしなため息をついた。

「ハアッ、これだから最近の若いもんは！」

乳母の必殺技の一言に、螢那は「出た！」と心のなかで叫んだ。この部屋に入ってから、何度このセリフを耳にしただろう。

「ん？　なにか言いたいことでもあるのか？」

「ひとかけらもないです―！」

ぎろりとにらまれ、螢那は軍に入ったばかりの新兵よろしく乳母に敬礼する。

「ふてぶてしい女子《おなご》だのう。そなたが陛下の妃としてふさわしいか、この我が確認してやっておるというのに」

「いや、だから、そんなことにはならないので……」

『琰王朝にかけられた呪いを解き、世継ぎ問題を解決できるのは巫女のみ』

そんな高祖の馬鹿げた予言を真に受けているのは、皇太子である侑彗だけではない。

皇后も、なんだかんだとそれを否定しきれず、螢那を皇帝の妃とすることを、本心ではあきらめていないのだろう。

しかし螢那には、皇帝陛下の妃になるつもりなど、まったくない。

だからご心配なさらずと、そう告げようとするのだが――。

「なんだと？　そなた、お嬢様が……皇后様が命じていることを断るだと？」

乳母はまなじりを吊《つ》りあげ、ぎりりと歯噛《はが》みしてくる。

「そういうわけではなくてですね……」

断ればいいのか、断ってはいけないのか、どっちなのだろう。

「なんと、口惜《くちお》しい！　睿輝《えいき》様がご存命であれば、このようなことにはならなかったのに……！」

「睿輝様？」

「お嬢様がお生みになった、亡き皇太子様じゃ！　そんなことも知らんのか！」

「ひえっ！　失言でした！」

鬼夜叉《おにやしゃ》のような形相に、そういえば十年ほど前に亡くなった前皇太子の名前だと思い出す。

（ええと、たしかその睿輝皇子が亡くなったから、陛下の甥《おい》である侑彗殿が新しい皇太子になったんですよね？　陛下には、ほかに御子《みこ》がいなかったから……）

以前聞いた話では、睿輝皇子の死後、皇后はもう一度世継ぎをもうけようと長年努力を続けていたらしい。

しかし近年、いよいよ侑彗を養子に迎えて皇太子に立てるということになった。そのため皇后は、自分が生まずとも、せめて皇帝の実子を世継ぎにしたいと考え、若い妃を続々と後宮に入れさせているのだと。

昨年亡くなった皇后の縁戚――侶賢妃も、そのひとりだったはずだ。

「皇后様がなにを考えていたとしても、私が皇帝陛下のお妃になることなんてないですー！　そもそも予言なんて嘘っぱちだし、巫女が神秘的な力を持っているというのも幻想ですから－！」

そもそも螢那は、巫女でもない。というか、そんなイカサマまみれの商売はやっていないつもりだ。

「さもあろうな」

螢那の言葉に、乳母は「ふっ」と口元に笑みを浮かべた。

「それに引きかえ我のお嬢様は、完璧じゃ。生まれながらの貴婦人であるからの」

そして乳母は、とうとうと語りだす。

「あれはある春の、うららかな日だった。珠《たま》のような赤子がお生まれになってなあ。恐れながらこの乳母が乳を含ませると、すぐに笑いかけてくださって……。そう。この腕にお抱き申し上げたあの日から、この方のために生きていこうと我は心に誓ったものよ」

「あのー。この話、何回目ですか？」

乳母の止まることない昔話に、螢那がさすがにげんなりしたときだった。衝立《ついたて》の裏にある控え部屋の入り口から声がかかった。

「すまぬな、螢那よ」

「あ、皇ご……！」

思いがけなくそこにいた人物――皇后である韻蓉《いんよう》に、螢那は目を丸くした。しかし「しっ」と唇に指を当てられ、その呼び声をどうにか呑《の》みこむ。

どうやら皇后は、螢那に乳母を見舞ってほしいと頼んだものの、気になってここから様子をうかがっていたようだ。

「もともと乳母は、少し言葉がきついところがあるのだ」

乳母の隙を見て控え部屋へと滑りこんだ螢那に、皇后が言った。

「少し……？　あ、いや、それはべつにいいのですが……」

この程度のイビリなら小姑《こじゅうと》たる喬詠《きょうえい》で慣れていないこともないし、その内容も祖母のスパルタ教育に比べれば、死霊がからまないぶんぜんぜんマシである。ただ――。

「でもあれ、本当に気鬱の病なんですか？」

「薬師《くすし》はそう言っておる。それに、このように元気なのは久しぶりなのだ。長年眠れない状態が続いていたらしくてな。最近では食事もままならぬことも多かった」

「ええと、つまりそれは、私をいびるのが楽しくて覚醒《かくせい》してしまったということでしょうか……？」

まさかと思いながら、螢那は顔をひきつらせた。

「いうなれば、これも人助けと思えばいいのでしょうか……？　いや、でも、できればごめんこうむりたいたぐいの人助けなんですけど……！」

「――そなたから見て、乳母はどうだ？」

「乳母様ですか？　たしかにちょっと心の臓が弱っているようですけど、それ以外はおおむねピンピンしているというか……。皇后様は、なにか気になることでもあるんですか？」

「いや、無理をしていなければいいのだ。ただ……あの乳母は、むかしからなにがあっても薬を飲まぬでな。だからよけいに気になるのだ」

「薬を？　なぜまたそんな」

「わからぬ」

困ったものだと皇后はため息をついた。

「しかし、そなたといるときの乳母は、とてもいきいきしているようだ。すまぬが、もう少しつきあってやってくれ」

「いや、でも……」

「時おりでいいのだ」

「こ、皇后さま、圧が……圧がすごいですから！」

もう少し顔を離してほしい。そう思ったところで──。

「遅いぞ、なにをやっておる!!」

「はい！　ただいま!!」

乳母の怒声が飛んできて、螢那は弾《はじ》かれたように居ずまいを正す。

「では、頼りにしているぞ」

「って、だからカンベン……」

「茶はまだか！」

「はい！　はいはいはいはいはいぃ!!」

ふたたび飛んできた乳母からの催促に螢那は、拒否する暇を与えず去っていく皇后をうらめしく思いながら、壁の陰から飛びだしたのだった。

＊

「いったいなにをやってるんだい！」

「すみませんーっ!!」

「染みついた臭《にお》いを取るようあれほど言っておいただろう！　これではぜんぜん変わらぬではないか！」

「って？　あれ？」

条件反射で謝った螢那だったが、よく見れば乳母に叱責されていたのは別の人間だった。

「大変申し訳ありません」

床に額をこすりつけんばかりに頭を下げたのは、洗衣局《せんいきょく》という衣服を洗う部署から来た女官のようだ。

自分が怒られているのではないことにほっとしつつ、螢那はかたわらの宮女になにがあったのかこっそりと訊ねた。

「乳母様が、洗濯にまわされたはずの手巾《ハンカチ》の臭いが気になられたみたいで……」

乳母の手にあるハンカチを見ると、だいぶ年季の入った代物《しろもの》だった。いくらでも新品を用意させられる立場の彼女が使いつづけているとなれば、きっと思い入れのあるものなのだろう。

「あの、薬房からもらってきてほしいものがあるのですが……」

薬房のあの頑固な老薬師も、皇后宮からの使いであればわけてくれるだろう。そう踏んだ螢那は、宮女にそう頼んでから乳母をなだめた。

「乳母様、ハンカチの臭いならすぐに取れますから、そう怒らないでください。身体に障りますよ?」

「すぐに、だと?」

「はい。すぐにです」

「おもしろい。このハンカチは、おやさしい睿輝様が生前、我に下さったもの。しつこいこの臭いが取れるというのなら、そなたやってみい」

できなければ難癖をつける気マンマンなのだろう。

うーん、と螢那は心のなかでうなったが、皇后様からは心臓が少し弱っている様子の乳母様のことを頼まれてしまっているし、さきほどから震えている洗衣局の女官も気の毒だ。

そう思った螢那は宮女に頼んでいた白い粉が届くと、それを盥《たらい》の水に溶かして乳母のハンカチをひたした。そして簡単に揉《も》み洗いしてから、洗衣局の女官に手渡す。

「このまま、干してもらえれば大丈夫です」

「なに？　それだけか？」

「これだけです。それ以外に、とくべつなことは必要ないです。それから乳母様には……」

いぶかしげに眉を寄せる乳母に、螢那は自分のハンカチも同じように盥にひたし、固くしぼってから乳母の耳のうしろや首元を拭いてやった。

「なんなのだ、これは？　なにやら清涼な感じがするではないか」

「水にちょっとだけ白礬《ミョウバン》を入れたものです」

まんざらでもなさそうな乳母に、螢那は言った。

「なに？　ミョウバンだと？」

はじめて耳にしたのだろう。乳母の目が説明を求めてくる。

「そうです。ミョウバンとは、礬石《はんせき》を砕いたもので、普段は傷の手当をするときとかに使うんですけど、殺菌のほかに消臭作用などもあるので」

「殺菌？　消臭とな？」

「はい。だって、乳母様のハンカチに染みついている臭いは、つまり加齢臭ですから」

その瞬間、部屋にいた宮女たちがいっせいに息を呑んだ。

「なっ、か、かれい……しゅう？」

しかし螢那は、周囲の反応に気づくことなく、むしろ誇らしげに自分の耳のうしろあたりを指さして告げる。

「そうです。人は年齢を重ねると、このあたりから臭いが出てくるんですー。何度も汗を拭いているうちに、そのハンカチにも臭いが染みついちゃったんでしょうね。これから臭いが気になるときは、沐浴《もくよく》の湯にこの粉をそのまま入れてもらってもいいですし、もしくはいまみたいにミョウバン水にひたした布で、汗かいたところを拭《ぬぐ》ってもらうだけでも効果がありますよ！」

そして螢那は、にこにこと満面の笑みで教えてあげる。

「だから乳母様、洗衣局の人を怒ってもしかたがないですよー」

螢那は完全に親切心のつもりだった。だというのに、なぜか乳母はふるふると震えている。

「この……」

「はい？」

「この、無礼者めが――――!!」

第二章　謎《なぞ》のマウントはかんべんです！

「いったい、なにがいけなかったのでしょう？」

ものすごい怒声とともに部屋から追いだされた螢那は、首をひねりながら皇后宮の階段を降りた。

乳母の怒りの点《ポイント》がわからない。

そうつぶやいていると、聞きなれた笑い声が響いてくる。

「あんた、なにをやらかしたのさ。乳母の婆《ばあ》さんの怒鳴り声が、ここまで聞こえてきたぞ」

主殿の陰からひょっこりと顔を出したのは、皇后宮に仕える宮女の瑠宇《るう》だった。博《ばく》打《ち》と酒が大好きなガラ悪娘だが、意外に義理堅い性格で、螢那が彼女の腹痛の謎を解いた昨夏よりつきあいが続いている。

「乳母様もお元気ですよねえ。あんな大きな声が出るなんて、まったくどこが気鬱の病なんでしょう？」

そうでなくとも、螢那を嬉々《きき》としてこき使ってくるあの姿からは、病のかけらも感じられない。

「いやあ、でもあの婆さん、本当にこの間まではいつ死んでもおかしくないって言われてたんだけどなあ」

「信じられません——！」

「嘘じゃないって！　ずっと寝こんでいたのに、最近になって急に起きてる時間が長くなってさ。おかげで仕事が増えてしょうがないんだから」

「それで瑠宇は逃げたんですね？」

乳母を見舞うという話で訪れたはずの螢那が、いつの間にか侍女まがいのことをさせられていたのは、仕える人手が足りないと乳母にぼやかれたからだ。

そして瑠宇は、もともとあの乳母に仕える宮女のはずである。にもかかわらずさきほど部屋では、彼女の姿をまったく見かけていないのだ。

つまり、瑠宇がさぼったせいで、螢那が巻きこまれたと言えなくもない。

「で、でもさ。皇后からは、前から婆さんを診てくれって頼まれてたんだろ？」

じとりとした視線を送ると、サボりを指摘された瑠宇は、ばつが悪そうに小麦粉の揚げ菓子である麻花《マーファー》を差しだしてきた。どうやらこれで機嫌を直せということらしい。

たしかに皇后には以前から「頼みがある」と言われていて、それがあの乳母を診ることだったのは事実だ。

「と言われましても、そもそも私、薬師ではないのですけどねー」

どうすることもできないとぼやきながら、もらった麻花を口に放りこむ。まぶしてある砂糖がほんのり甘くて、行儀が悪いとは思いつつも、ぼりぼりと食べすすめてしまう。

「まあいいじゃないか。婆さん、あんたのことは気に入ったみたいだし」

「あれのどこが私を気に入ってるんですかー！」

冗談ではないと憤慨《ふんがい》すると、瑠宇《しゅうとめ》はまた笑った。

「はは！　まるで嫁イビリをする姑みたいだったな！」

「それですよ！　きっと乳母様は、私がなにをしたって気に入らないんですよ！　それもこれも皇后様がおかしなことを言いだすからです！」

だからこそあの乳母は、螢那を目の敵《かたき》にするのだ。もしかしたら彼女の「お嬢様」を差し置いて、皇帝陛下の妃嬪《ひひん》になって御子をもうけるかもしれないと。

「まったくの杞憂《きゆう》ですけどねー!!」

そもそも、ハタ迷惑なあの高祖の予言だって、「巫女が世継ぎ問題を解決する」と言っているだけで、「巫女が世継ぎを生む」などとは、ひとかけらも言っていないというのに。

「まあなあ。そもそも、皇后だってもうそれなりの年齢の大人なのに、あの人はいつまでも『お嬢様』『お嬢様』って、けっこう過保護だよな」

「それですよ！　私思うんですけど、皇后様があああも人見知りだったりするのって、あの乳母様のせいじゃないですかね？」

つきあいを持ってから気づいたが、皇后は気が強く、敵と思った相手には容赦のない面があり、誤解されやすいところも多い人だ。周囲に気位が高く思われてしまうのも、なかなか人を寄せつけないその性格のせいである。

「毎日のように乳母様に『我のお嬢様は最高の貴婦人！』って唱えられつづけていたら、逃げ場がないと思いませんか？　いつも完璧でいなくちゃならないって、自分を追いつめてしまうというか……」

あそこまでいくと、ある意味、強烈な押しつけではないだろうか。

皇后宮の門をくぐり抜けながら螢那がそう言いかけたときだった。

突然瑠宇が、彼女の腕を引いた。

「しっ！　蔡嬪《さいひん》だ」

さいひん？

螢那が目を瞬《しばたた》かせたのと、鈴の音のような声がかけられたのは、ほぼ同時だった。

「ちょっと、そこのあなた」

「は、はい！」

瑠宇ににらまれ、ようやく自分の発言が不敬罪と取られかねないことに気づいた螢那は、慌てて麻花を隠して振り向いた。

（うわあ、美人さんですー）

そこにきらびやかな侍女たちを取り巻きのように引き連れて立っていたのは、黒目がちで桜桃のような紅《あか》い唇をした色白の女性だった。

螢那とそう年齢は変わらないようだが、嬪というからには皇帝陛下のお妃のひとりなのだろう。蠱惑的《こわくてき》な瞳《ひとみ》をしているせいか、少女のような可憐《かれん》さのなかに、まるで黒猫のような妖艶《ようえん》さが垣間見《かいまみ》える。

「これは、蔡嬪様にはご機嫌《きげん》うるわしく」

螢那が思わず「え、誰？」とこぼしてしまったのは、瑠宇が蔡嬪に向かって、これ以上ないほど優雅な一礼をしたからである。

「今日は、皇后様は宮殿にいらっしゃるかしら」

「あ、はい。いまなかにいらっしゃいますよ」

蔡嬪は、礼をとった瑠宇ではなく、なぜか螢那に訊ねてくる。それを疑問にも思わず答えた螢那だったが、ふと別のことが気になって訊ねた。

「あの……蔡嬪様？　最近体調がよくないとかってないですかね？」

「なによ、藪《やぶ》から棒《ぼう》に？」

唐突な問いに、蔡嬪がいぶかしげに螢那を見返してくる。

「すみません。その、ただ、このままでは命にかかわるかもしれないと思ってですね……」

「ふ、ふふふふ！」

どう告げたらいいだろう。迷いながら口を開いた螢那に、蔡嬪は突然笑いだした。

「命に？　あなた、わたしが死ぬとでもいうの？」

「ええと、まあ、場合によっては」

「おい、螢那！」

瑠宇に袖を引かれてはっとしたが、蔡嬪は扇で口元を覆い、憐《あわ》れむような眼差しを螢那に向けた。

「可哀《かわい》そうに。あなた、わたしの美しさに嫉妬《しっと》してるのね？」

「はい？」

蔡嬪の斜め上を行く発言に、思わず螢那は目が点になる。

「だって、あなたなんでしょう？　太子様の口利きで後宮に入った女官っていうのは」

「ええと、口利きというか……そうなんですかね？」

正確には拉致されて後宮に入れられたわけだが、そのあたりの事情をすっ飛ばせば口利きと言えなくもない。

「聞いたわよ。あなた、太子様の気を引くために、自分のことを『巫女だ』とかなんとか言いふらしているんですって？　巫女なんて、適当なこと言って人からお金をまきあげるペテン師のことじゃない。突然わたしが死ぬかもなんて、予言のつもりかしら。ようはお金を持っているわたしにたかりたいのね」

「いや、巫女がペテン師というのは、まったくもって事実ですが――」

「まあ、自分で認めるのね！」

またもや「ほほほほ！」と高らかな笑声をもらし、蔡嬪は螢那の頭のてっぺんからつま先まで舐《な》めるように見る。

「まあ、仕方がないわね。あなた程度の容姿じゃあ、奇抜なことでも言わなければ、太子様に相手にもされないでしょうから！」

「ええと、はい？」

螢那がなにを言われたか理解する前に、蔡嬪は華奢《きやしや》な指で彼女の頬を挟み、顔を上げさせた。

「ほんと、噂《うわさ》なんて当てにならないわ！　まさか洒落者《しやれもの》で知られる太子様が、こんな野暮ったいイモ娘を本気で相手にされるはずないのに！　やだ、もしかして化粧もしてないの？　よくこんなザツな顔で外を歩けるわねえ」

イモ娘……？

「たしかに、お化粧とかそういったものには、あまり興味はありませんが――」

「信じられない！　わたしだったらぜったいムリ！　野育ちの方って生きるのが楽そうで、逆に尊敬しちゃうわ。ねえ、あなたたちもそう思うでしょう？」

「まったくですわ、蔡嬪様！」

「本当にすごいですわよねえ」

「わたくしどもには、とてもとても真似《まね》できませんわあ」

上機嫌で話す蔡嬪に、背後に控えていた侍女たちも口々にうなずく。

「あの、そういうことではなくてですね。本当に命の危険があるので……」

「皇后様にお取り次ぎいたしますか？　よろしければご案内いたしますが」

このままでは収拾がつかないと思ったのか、瑠宇が口を開きかけた螢那の前に割りこんだ。

「いいわ。いまじゃなくて、あとで寄らせてもらうから。わたし、これから大切なお客様がいらっしゃるのよ」

そして蔡嬪は、意味ありげな眼差しを螢那に送ると、機嫌よく歩きだした。

「うふふふふ！　ああ、美しさって罪だわあ」

鼻歌を歌わんばかりの後ろ姿に、螢那は唖然とした。

「びっくりするくらい、人の話を聞かない人です……！」

しかもそれで終わりかと思いきや、ふいに蔡嬪を取り巻いていた侍女のひとりが、たたたた、と螢那のもとに駆け戻ってくる。

「あなた、もし蔡嬪様のように美しくなりたいなら、私のところにいらっしゃいな」

「はい？」

「興味がないふりをしても、本当はあなただって、いまの色気もなにもない自分が嫌なんでしょう？　私の持っている〝美人の薬〟を使えば、あなたみたいななんのとりえのない顔でも、美しく生まれ変わらせてあげることができるわ」

「〝美人の薬〟、ですか？　それはどういう……」

「杏梨《あんり》、なにをしてるの!?」

「申し訳ありません、蔡嬪様。すぐ参りますわ！」

そう声を返すと杏梨は、螢那の手をぎゅっと握った。

「わけてほしければ、いつでもいらっしゃい」

そして螢那がうなずくのを促すように「ね？」と首をかしげてから、彼女は去っていった。

「あるじだけでなく、侍女の方も話を聞かない人です……！」

なんだかいろいろ疲れて、螢那はぐったりとしたのだった。

*

「あんた、今日は厄日だねえ」

蔡嬪に続いて杏梨というらしい侍女の姿も見えなくなると、瑠宇はふたたび盛大に笑いだした。どうやら噴きだすのをずっとこらえていたようだ。

いつもと変わらない彼女にほっとするとともに、その変わり身のはやさに驚いてしまう。

「猫を被《かぶ》ってるのは、冬薇《とうび》だけじゃなかったんですねー」

「……あんた、あたしをいったいなんだと思ってるんだ？」

少し息抜きをしようと、仲のよい淑妃《しゅくひ》の居処――苑羅宮《えんらきゅう》に向かいながらしみじみとしていると、瑠宇が頬をひきつらせる。

「猫くらい被れなきゃ、この後宮で生きていけるわけないだろ？　それにあの蔡嬪は、四夫人である徳妃《とくひ》の姪《めい》にあたるんだよ。しかも子を生むのが難しい年齢になった徳妃に代えて、あの蔡嬪を新しい徳妃に昇格させるって話もあるんだから」

「へえ、そんな話があるんですか」

つまり瑠宇は、さきほどの蔡嬪が上級の妃に昇格しそうなので、目をつけられたくなかったということらしい。

「それにしても、高齢になったから選手交代とは、やっぱり後宮ってところはシビアな世界ですねえ」

「まあなあ。妃嬪同士の足の引っ張りあいもひどいもんだし、あの淑妃くらいじゃないか？　なんだかんだ争いから遠ざかっていて、飄々《ひょうひょう》と後宮を渡っていられてんのも。ほら、皇帝陛下の四夫人のなかでも、賢妃は死んじまったし、貴妃《きひ》なんかも一度流産したあと心を病んで、自分の宮殿に閉じこもってるって話だしさ」

妃たちだけではない。心を病んでいるといえば、氷をガリガリと齧《かじ》っていないと落ち着かない皇后様もである。あれも貧血というよりは、精神的なものだと螢那は思っている。

本当にこの後宮というのは、事件も多いし、あちらこちらに死霊がいるのもうなずけるロクでもないところだ。

「それにしても〝美人の薬〟だって？　あの杏梨って侍女が、怪しげな薬を売りさばいてるって噂は本当だったんだな」

「なんなんですか？　その薬？」

「あたしが知るかよ。法外な値段を吹っ掛けられたって、怒ってるやつがいるっててのを聞いたことがあるだけさ」

「え？　お金取るんですか？　わけてくれるって言っていたから、てっきり無料《タダ》かと……。っていうか、そんな薬があるとして、失礼じゃないですか？　瑠宇もいたのに、どうして私にだけ売ろうとするんです？　私の器量が悪いとでも言いたいんですかね!?」

「まあまあ」

瑠宇がなだめたが、螢那の怒りは収まらなかった。

「それにあの蔡嬪様も、なんなんでしょう？　私のことを『野暮ったい』とか『イモ娘』とか！」

「ああ、あの蔡嬪は、自分の方が上だってあんたに言いたかっただけだろ？　たんなるマウントだから気にするな」

「ま、まうんと？」

なんだそれは、と螢那は目を瞬かせる。

「あの蔡嬪を徳妃に昇格させるって話があるのは事実だけど、実は本人は、陛下じゃなくて太子に乗り換えたいんじゃないかって、もっぱらの噂なのさ。なんだかんだ言って、あんたを牽制《けんせい》したかったんじゃないのか？」

「ええ？　それって、いまは皇帝陛下のお妃なのに、侑彗殿のお妃になりたいってことですか？」

なんて物好きな。

思わずつぶやいた螢那に同意して、瑠宇も深くうなずいた。

「そうなんだよなあ。若いほうがいいっていう気持ちはわかるし、あの太子も顔だけはいいから、黙ってればいい男に見えなくもないじゃんか。だけど実態はなあ」

基本的に外面《そとづら》がいいはずの侑彗がこうも毛嫌いされるとは、いったい瑠宇は、彼のどんな本性を見させられているのか。

「まあ、あんなん後宮じゃしょっちゅうだからね。マウントくらい気にするなよ！」

「なるほど。そういうことでしたら気になりません。ああいうのをマウントというのならば、あんなの可愛いものですから」

「そうなのか？」

「だって――」

螢那がそう口を開きかけたときだった。

「ここにいたのか、小娘！」

「げげっ！」

苑羅宮を間近にして背後から聞こえた声に、螢那は思わず背筋をぴんと伸ばした。

「き、喬詠さん……！」

恐るおそる振り返った先にいたのは、化粧もして完璧な女官に扮《ふん》した侑彗の乳兄《ちきょう》弟《だい》である。

ささいなことで事あるごとに螢那をいびってくる、彼女にとっては小姑のような存在だ。正直、彼に比べれば乳母のしごきさえ可愛いものである。

「おまえ、なにが『げげっ』だ!?」

「すみません、つい本音が口からダダ漏れ……いえ、その、今日はどのようなご用向きで？　またご丁寧に女装までされて」

「決まっている。おまえがサボってないか、見に来てやったのだ」

やはりそもそもの考えが小姑だ。

螢那はげんなりしたが、口に出したら大変なので黙っておく。

「それから忘れるな。この姿のときは、喬花《きょうか》と呼べと言っただろう」

「それはぜったい無理ですー！」

「このクソ女……」

「ああ、苦しいですー!!」

今度は黙っておけずに拒否してしまったら首を絞められ、螢那は瑠宇へと助けを求めた。しかし彼女は、苦笑いするだけで助けてくれる気はないらしい。

「やはりおまえごときでは、侑彗様のお役に立つなど夢のまた夢。それに引きかえこの俺は、今日も侑彗様にお褒《ほ》めいただいたぞ！」

喬詠は、朝淹れた緑茶が美味《おい》しいと言われたことや、朝議に向かう際にお守りして礼を言われたことなど、鼻高々な様子で延々と列挙していく。

「――このとおり、いつももっとすごいマウントを受けてますから……」

胸を張る喬詠を後目《しりめ》に、螢那はそうこっそりと瑠宇に告げた。

「まあそう言うなよ。たぶんこいつ、ちょくちょくあんたの様子を見に行くよう太子に言われてるんだよ。あんたのことを一応心配してるんだろうから」

「……心の底から意味がわかりません」

侑彗には近づきたがらない瑠宇だが、意外に喬詠には厳しくないようだ。

「なんの話だ？」

「マウントの話だよ。さっき螢那が、蔡嬪にマウント取られてさ」

助け船のつもりか、瑠宇が話をそらしてくれる。

「なに？」

「蔡嬪が、陛下から太子へ乗り換えようとしてるって噂があるのを知ってるか？　それで『太子のお気に入り』って言われてる螢那を牽制してきたのさ」

なんだその「太子のお気に入り」とは。ハナハダ不本意な噂だと思っていると、喬詠がふんと鼻を鳴らした。

「見当違いもいいところだな。侑彗様の一番のお気に入りは、この俺だというのに」

これのどこが螢那を心配しているというのだろう。

顔をひきつらせかけた螢那だったが、本気で憤慨しているらしい喬詠を見れば、すべてが馬鹿馬鹿しく思えてくる。

「そういえばあんた、さっき蔡嬪に『死ぬ』とか言ってなかったか？　あれって、本当なのかよ？」

「ああ、そうでした！」

蔡嬪の、肌理《きめ》の整った、透きとおるような白い肌を思い浮かべて螢那はうなずいた。

「あのまま使いつづけたら、危ない気がします」

「なに？　どういうことだ？」

「たぶん蔡嬪様ご本人は気づいていないと思うのですが……」

眉をひそめた喬詠に、螢那は事情を説明した。

「――ということなんです。このままでは、たとえば侍女の方とか、まわりにいる人たちにも危険が及ぶなんてこともあるかもしれませんし――」

すると喬詠の表情が一変した。

「まわりにいる人、だと!?」

「どうしましたか、喬詠さん」

「本人だけでなく、周囲にも被害が及びかねないというのが本当ならば、一刻もはやく侑彗様にお知らせしなければ！」

「ええと、いまの話、侑彗殿になにか関係ありましたか？」

「たわけ！　侑彗様はいま、その蔡嬪に呼びだされているのだ！」

「ええ!?」

どうして侑彗が蔡嬪と？

そう思っていると、瑠宇が楽しげな表情を浮かべた。

「へえ。さっき蔡嬪が言ってた『大切なお客様』って、太子のことだったんだな。いやに意味ありげに話すと思ってたけど」

どうやら、蔡嬪が太子に乗り換えようとしているという噂は本当のようだ。

それにしても、皇帝の嬪でありながら皇太子を自分の宮殿に呼びいれるとは、蔡嬪という女性は、ずいぶん積極的な性格らしい。やはり容姿に自信があると、違うのだろうか。

「こうしてはおられん。行くぞ小娘！」

「え？　侑彗殿には喬詠さんが知らせてくれれば、それでいいのでは……」

「四の五の言うな！」

「ひー！」

拒否しようとしたが、問答無用とばかりに喬詠に首根っこをつかまれてしまう。

「助けてください、瑠宇！」

「まあまあ、一緒に行ってやんなよ。そいつ、ひとりで戻ったら太子に叱《しか》られると思ってんだろ」

「やっぱり意味がわかりません――!!」

第三章　あざと女の宮殿で

「太子様、ご覧になって。この庭では、木香薔薇がもう満開ですのよ。ほら、黄色いものとは違って一重咲きの白い花ですが、とりわけ甘い香りがいたしませんこと？」

きゃっきゃとはしゃいだ声に枝の間を覗《のぞ》くと、宮殿のあるじである蔡嬪と侑彗が、小さな池のほとりを歩きながら談笑している姿が見えた。

「宮殿の花がどれだけ美しく香ろうとも、宮殿のあるじにはかないませんよ」

「まあ。太子様ったらお上手ね……」

口を開けばたやすく美辞麗句が出てくる侑彗のことだ。彼にとっては定型の社交辞令なのだろうが、蔡嬪はまんざらでもなさそうである。

「なんだあの女、侑彗様に馴《な》れ馴《な》れしいな……！」

頬を染める蔡嬪に、喬詠が身を潜ませているツツジの木の陰で忌々《いまいま》しげに舌打ちした。

「なんで私がこんなことを……」

これではまるで覗きだと、螢那はため息をこぼした。

喬詠に無理やり蔡嬪の住まう麗仁殿へと連れてこられた螢那だったが、彼は宮女に取り次ぎの声をかけるでもなく、迷うことなく話し声が聞こえた庭のほうへと足を向けたのだ。

しかも皇帝陛下の妃嬪を「あの女」呼ばわりする喬詠に、螢那はほんのちょっぴり侑替に同情する。こんなのが常日頃からぴったりとくっついていたら、彼も大変だろうと。

あたりを見まわすと麗仁殿は、皇后宮や淑妃の苑羅宮などに比べれば、こぢんまりとしたところであった。

しかしたいていの妃嬪は、宮殿のなかの殿宇をひとつ与えられ、庭などは共用のことが多いというから、蔡嬪は徳妃の姪だけあってほかの嬪たちよりいい待遇を受けているのだろう。

「――ですが、こうして咲き誇っている花も、いずれは散っていってしまいます。それを目にしますと、我が身のはかなさをいっそう感じますわ。後宮は、一見華やかでますけれど、裏では人々の嫉妬や悪意が渦巻いているところですもの。商家の出でありますわたくしなんて、出自の低さを軽んじられることも多くて……」

池の向こうに視線を戻すと、さきほどまで笑っていたはずの蔡嬪が、なぜかそっと目元を拭っている。

「じつは少し前に、わたくしの宮殿で宮女がひとり、急に亡くなったんですの。事故なのか事件なのかもわからなかったのですが、なんだかわたくし、ここでやっていけるか不安になってしまって……」

事故なのか、事件なのか？

少し前にそんな話を聞かなかっただろうか。そう螢那は記憶を探ろうとしたのだが
――。

「クソが！　あざと女め！」

弱々しく涙をにじませる蔡嬪に喬詠が毒づいているのを目の当《ま》たりにしているうちに、そんな考えは飛んでいってしまった。

たしかにあざといが、侑彗はとくに邪険にしている様子はない。親しげに蔡嬪の肩に触れ「心配する必要はないですよ」などとなぐさめている姿は、むしろこの状況を楽しんでいるようにしか見えない。

『僕はいつだって君に夢中なのに』

そんな調子のいいことを言っていても、所詮《しょせん》はこんなもの。

侑彗は自分に向けられる媚態《びたい》がどれほどあからさまであっても、それさえ一興と思うのだろう。

「太子様はなんてやさしいんでしょう。わたくし、勇気が湧いてきましたわ。ありが……あっ！」

侑彗に礼を言おうと、蔡嬪が顔を上げたときだった。急になにかにつまずいた様子で彼女は足をもつれさせた。

「もう我慢ならーん！」

不自然によろめいた蔡嬪を侑彗が受けとめた瞬間、喬詠が思いあまった様子で叫んだ。

「なんというわざとらしさだ！　小娘、邪魔してこい！」

「なぜ私が!?　無茶言わないでくださいー！」

ぎりぎりと歯噛みまでしている喬詠に、螢那は首を横に振った。

侑彗が誰と仲良くしようと、螢那に興味はない。邪魔したいなら、自分で邪魔してくれと。

しかし──。

「太子様……」

橋の上で、侑彗にもたれかかった蔡嬪が彼へと顔を近づけていた。まるで愛をささやく恋人同士が口づけをするように──。

「だ、駄目です！」

その瞬間、思わず螢那は植込みから飛び出してしまった。

全力で駆け寄ってふたりの間に割りこみ、近づいていた顔を引き離す。

「やめてください！　離れて――」

「あれ、螢那？　どうしたんだい？」

突然現れた螢那に、侑彗は悪びれることなく訊ねた。

「侑彗殿、あのですね――」

「どうしてあなたがここにいるのよ！」

螢那が侑彗に向けて口を開いたと同時に、蔡嬪が怒鳴りつけてくる。それまで侑彗にしなだれかかっていたときとはまったく違う、鋭い声だ。

「なんなの、勝手にわたしの宮殿に忍びこむなんて！　たかが女官の分際で、わたしと太子様の仲を邪魔するつもり⁉」

「はなはだしく誤解ですー」

「なにが誤解だっていうの――」

「ですから！」

矢継ぎ早に責めたててくる蔡嬪に、ようやく螢那は彼女の顔を指さして叫んだ。

「その胡粉《ごふん》……つまり白粉《おしろい》です！」

「は？　白粉ですって？」

「その白粉は危険なので、口に入ったら危ないと言いたくて……」

しかし蔡嬪は馬鹿にするように「ふん」と鼻を鳴らした。

「白粉に鉛白《えんぱく》が使われているっていうあの話のことかしら？」

鉛白を焚《た》いて作られる白粉は、伸びがよくて美しい肌に仕上がると、古くから愛用する女性は多かった。近年になって人体に有害ということがわかっても、使い心地がよいうえ安価な鉛白粉は、いまだに使う者が後を絶たないのだが――。

「わたしがそんな安物を使っているわけないでしょ！　この白粉をそんなものと一緒にしないでちょうだい！」

「有害な白粉は、鉛白を使ったものだけじゃないんですー」

螢那は、蔡嬪の主張を一蹴した。

「その白粉は、たぶん水銀にミョウバンを混ぜて作られたものなので、鉛白のものよりさらに毒性が強いんですよ」

水銀を原料とした白粉は、透明感が出ると評判ではあるものの、価格が鉛白製の何倍もする高級品だ。そのため使ったとしても、頬に少量だけ塗る人が多い。

徳妃の姪とはいえ、日頃からそれを惜しげもなく顔全体に使っているとなれば、蔡嬪の実家は相当な金持ちのようだ。だがそれがあだとなったようである。

「塗っている最中に口から吸いこまないなんて不可能でしょうし、止《や》めたほうがいいです。たとえそばかすが隠せなくなっても、白粉は米とか粟《あわ》の澱粉《でんぷん》を使った、植物由来のもののほうが、ぜったいにいいですよ。そばかすなんて気にしなくていいじゃないですか。たかがそばかすなんですから！」

「な、な……っ！　あなた、なんでわたしにそばかすがあることを知って……！」

蛍那に無自覚にそばかすを連呼され、蔡嬪はぶるぶると震えだした。

「っ、でまかせをおっしゃい！　あなた、わたしの美しさに嫉妬しているのね!?　だいたい、その程度の容姿で太子様に懸想《けそう》するなんて身の程知らずも――」

「うれしいよ、蛍那!!」

しかし気を取りなおした蔡嬪がみなまで言う前に、侑彗がぐいと彼女を押しのけ蛍那の手を握ってくる。

「まさか君が、彼女に嫉妬してくれるなんて……！　やっぱり君も僕のことを愛してくれているんだね」

「勘違いもはなはだしいです――！」

口づけなんてしたら、侑彗も水銀を口から摂取してしまいかねないと危惧《きぐ》しただけである。

「いや、照れなくていいんだ。つまり僕を心配してくれたんだろう？　君の気持ちは、誰よりも僕がわかっているから」

「それのどこがわかっているんですか!」

「た、太子様? あの……」

蔡嬪が、彼女そっちのけで螢那を見つめる侑彗に、戸惑ったように手を伸ばした。

しかし彼女の指が触れる前に侑彗は、螢那へさらに身を寄せ、いつものように甘くささやいてくる。

「だけど誤解しないでくれ。彼女には、相談があると呼び出されて、仕方なくここに来ただけなんだ。君だってわかっているだろう? 僕の心には君ひとりだけだってことくらい」

「誰もそんなことは気にしてませ——」

螢那がそう言いかけたときだった。

突然不穏な気配を感じて、螢那ははっと口を閉ざした。

(なにか、来る……?)

ぞわぞわとした違和感のようなものが、螢那の肌を這《は》いあがってくる。

しかし侑彗は螢那の異変に気づかない様子で、甘い言葉を吐きつづけている。

「やっぱり君が僕の妃になるのは天に定められた運命——」

「ちょっと黙っててください」

違和感に集中できないから静かにしてほしい。そう思って、だんだんと近づいてくる侑彗の顔を押しのけたときだった。

『フフッ、ンフフ、フフフフフ……』

脳裏をちりちりと刺激してくる笑い声に、螢那はぞっとする。

死霊だ。

慌てて視線をめぐらせると、庭の向こうから髪を揺らし、ふらふらと歩いてくる死霊が見える。

金縛りにあったかのように目を離せないでいると、突然雄叫《おたけ》びのような声とともに死霊が顔を上げた。

『ヒーッ！　ヒーッ！　ヒッヒッヒー!!』

そのとたんよだれを垂らしながらこちらに駆けてきたその姿は、さながら人を喰《く》う山姥《やまんば》のようで――。

「ひっぎゃあああああ!!」

その異様な死霊の恐ろしさに、螢那は侑彗を突き飛ばして一目散に逃げだしたのだった。

第四章　巫女の予言なんてありませんから！

「なんなんですか、なんなんですか、あれはー!!」

全速力で逃げながら、螢那は叫んだ。

これまで祖母に、何体もの死霊と無理やり対面させられてきたが、あんな異様な死霊ははじめて見た。

髪を振りみだし、よだれを垂らしながら駆けてくる姿は、恐怖以外の何物でもない。

「ひー！　まだトリハダが収まりませんー！」

脳裏にこびりつくようにして離れない死霊の姿にあらためてぞっとして、粟立った腕に意識が向いたときだった。

「――あ、おまえ待て！」

螢那は、耳に届いた制止の声に反応するのが一瞬遅れてしまった。そして――。

「曲者《くせもの》!!」

「あっ！」

鋭い声を聞いたときには、螢那はもう、足元に突き出された棒につまずいていた。

「痛たたた……って、わっ!!」

ずざざざ――と音が聞こえるくらい派手にすっころび、思いきり額を地面にこすってしまう。そしてうめきながら身体を起こしたときには、槍《やり》の切っ先が目の前にあった。

「刺客だぞ!」

「抵抗するなら殺せ!」

「あの……、ええと……?」

気がつけば、宦官兵たちが円陣を組んで螢那を取り囲んでいる。

状況がさっぱりわからない。しかしわずかでも動けば、いくつもの白刃にそのままぶすりと刺し貫かれそうで、螢那は視線だけであたりを見まわすしかない。

(ここは、御花園《ぎょかえん》……ですか?)

走っているうちに、いつの間にか迷いこんでしまっていたらしい。春の花々が咲きみだれた庭園で、緊迫した状況にふさわしくない馥郁《ふくいく》とした甘い香りが螢那の鼻腔《びこう》をくすぐった。

「ご無事ですか、皇帝陛下、皇帝陛下!?」

皇帝陛下?

ひとりが跪《ひざまず》いた向こうで、壮年の男性が少し足を引きずりながらこちらへ歩み寄ってくる。たしかにその姿は、以前皇后に斬首されそうになったときに目にした、皇帝陛下のものだった。

（やってしまいました……！）

君主のおわすところに突進したとなれば、斬り捨てられても文句は言えない。それに気づくと、螢那の額からだらだらと汗が流れだす。

「何事だ？」

「は、陛下。ただいま刺客が紛れこみましてございます。ご安心ください。すぐに処分いたしますので」

「しょ、処分!?」

それはやはり、殺されてしまうということだろうか？

「刺客じゃないですー！　通りすがりのただの人間ですー!!」

「黙れ！」

串刺しはかんべんしてほしい。

しかし慌てて叫んだ螢那に、槍がさらに突きだされる。ずずいと眼前まで迫った切っ先に「ひー!!」と叫ぶと、皇帝が兵を止めてくれた。

「あー、よいよい。わざとではないのだろう。ん？　もしやそなた、以前斬首になりかけた巫女殿ではないか？」

涙目になった螢那の顔に、皇帝は見覚えがあることに気づいたようだ。

「ええと……、太卜署の螢那と言います」

巫女と呼ばれたことにはうなずけないまま、螢那はとりあえずそう返した。

自分が巫女の家系の出であることは事実だが、嘘にまみれた巫女という存在だとは認めたくない。とはいえここでそう正直に言ったら、ぶすりといかれかねないので黙っておくしかない。

「槍を引くのだ。巫女殿に手荒なことはいかん」

皇帝が兵たちに命じると、白刃がさっと下げられ、螢那はほっと胸をなでおろした。

「ありがとうございます、陛下。お休みのところ突然乱入してしまい、申し訳ありませんでした」

「かまわぬ。それより、巫女殿はなにか急いでいたのかな？　前も見ないで走ってくるなど危ないぞ。転んだせいで、額をすりむいているではないか」

「いえ、その、あっちに恐ろしい死霊がいたので逃げてきまして……」

おもいがけずやさしい言葉をかけられ、ぽろりとこぼしてしまう。そしてよみがえってきた恐怖に思わずぶるりと震える。

「死霊だと？　怨霊《おんりょう》がこの後宮にいると申すのか？」

眉をひそめた皇帝に、螢那は慌てて首を横に振った。

「あ、いや、怨霊かどうかはわからないです。……ただ、死霊自体は後宮にわんさかいます。たぶん後宮《ここ》では、恨みにかぎらず、未練を残して亡くなる人が多いみたいで……」

「未練……」

皇帝が口のなかで転がすようにつぶやいたときだった。

「螢那！」

侑彗の声が背後から聞こえた。どうやら麗仁殿から逃げた螢那を追いかけてきたらしい。

「これは、失礼いたしました、陛下……」

「ああ、よい。侑彗よ――」

皇帝に気づいて跪こうとする侑彗を押しとどめ、皇帝はみずから腕を引いて彼を立たせた。甥に会えたことをよろこんでいるのか、その顔はどことなくうれしそうだ。

「このようなところでなにを？　それに徳妃も一緒でしたか」

侑彗のその言葉に、螢那はようやく皇帝陛下の背後に立つ女性に気づいた。

徳妃といえば、皇帝の四夫人のひとりである。

その地位にふさわしく、凜《りん》とした佇《たたず》まいの人だった。

年齢は皇后様よりも少し上――もしかしたら、陛下よりも年長かもしれない。目鼻立ちのはっきりした麗人で、若いころはきっとその美しさに求婚者が列をなしたに違いないと容易に想像できる人だった。

「うむ。もうすぐ第一公主の命日でな」

「……そうでしたか」

皇帝の一言ですべてを察したように、侑彗はうなずいた。

ひとり事情のわからない螢那だったが、侑彗たちの話を聞いているうちにだいたいのことは理解できた。

つまり皇帝の第一子は徳妃の生んだ皇女だったようだが、生まれてすぐに亡くなったらしい。

「もう二十年以上前のこととはいえ、いまも海棠の薄桃色の花が咲く時期になると、あの日のことが思い出されて心が沈みます。わたくしがもっと気をつけていたら、姫はいまも生きていてくれたのではないかと……」

「そなたのせいではない」

涙をにじませた徳妃の肩に皇帝がやさしく触れた。

「今日は、姫の墓に花を供えてやろうかと思ってここに来たのだが、足の調子が少し悪くてな。墓参は、また明日にしようかと話していたところなのだが……。明日は外せぬ予定が入っていたことを思い出したのだ。それでどうしたものかと」

「あ……」

明日——。

螢那は天を見上げた。

「どうしたんだい？」

直接言っていいのか迷っていると、侑彗がこっそりと話しかけてきた。

「陵墓《りようぼ》があるのは郊外ですよね？　行けるのならば、今日中に行ったほうがいいかもしれません。明日は雨になりそうなので……」

「どうしてそう思うんだい？」

「空に巻き龍のような雲がかかっているので。上昇する龍に見える場合は、翌日雨になることが多いです」

「へえ。そうなんだ」

侑彗はくるりと皇帝を振り返った。

「陛下。もしご無理でなければ、墓参はできるだけ今日中に行かれるほうがいいかもしれません。明日は雨が降るそうですから」

「今日はこのように晴れているのにか？」

「巫女が、天に昇龍が見えると」

「って!!」

螢那は慌てた。

嘘ではないが、そのような言い方をしたら、まさしく予言のように聞こえてしまうではないか。

「なんと……!」

案の定、信心深いという皇帝は、感心したような目で螢那を見た。

「すばらしいの、巫女殿。天が氷のつぶてをもってそなたの斬首を止めさせるのも、納得《なっとく》である」

「いや、あれは……」

あんなのは侑彗殿の出まかせです!　と叫んでしまいたかったが、斬首がからんでいる以上、ただの自然現象だと言うのがはばかられる。

螢那が否定できずに口ごもっているすきに、侑彗がにっこりと笑みを浮かべて答えてしまう。

「まさに天に愛《め》でられた巫女です。そんな彼女が常にかたわらにいてくれるなんて、僕は果報者です」

「そうかそうか。天から遣わされた巫女がそなたのそばにあるとなれば、余もひと安心だ。では巫女殿の助言に従い、少し休んでから、今日のうちに行くとするか」

「陛下のことも天がお守りくださいますよ」

侑彗は、手折《たお》った海棠の枝を微笑みながら皇帝に献上しようとする。その調子のよさに心底腹が立ちながら、螢那は彼を呼び止めた。

「あ、ちょっと待ってください」

そして螢那は、帯の間に挟んであった包みを開き、そこにあった白い粉を枝の折れた部分にすりこんでから徳妃に差しだした。

「このまますぐに水につければ、花が長く咲いていられるはずなので」

枝につけたのは、乳母のところで使ったミョウバンの残りだった。

ミョウバンには発汗を抑える作用もあるため、これからの季節に役立つだろうと、あまったものを少しばかり失敬していたのだ。それがこんなところで役に立つとは。

「あと、この粉を少量でいいので花入れのなかにも入れてもらえると、さらに花もちがよくなると思います」

「……ありがとう」

螢那が花とともに包みを渡すと、徳妃は一瞬驚いたように目を丸くしたが、すぐにうれしそうに微笑んで受け取ってくれたのだった。

＊

「さっきのはなんだい？」

　皇帝と徳妃を見送ったあと、侑彗が螢那に訊ねてくる。

「ミョウバンというものです。草木の切り口に塗っておくと、水をよく吸いあげるようになるんです」

　それに加えて殺菌作用もあるため、花入れに入れておくと水が汚れにくくなり、結果としてさらに花を長く楽しめるのだ。

「へえ、さすがは僕の螢那だね！」

「いや、あなたのじゃないんですけど！　ていうか、さっきは、なに余計なことを言ってるんですか――！　陛下、ぜったいに誤解しましたよ!?」

「え？　誤解？　なにを？」

「なにをすっとぼけてるんですか!!　私は、雲の様子から天気を予測しただけで、あんなのは予言でもなんでもないです――！」

「はは、まあいいじゃないか。それで陛下が、迷いを捨てて予定を決められたんだから」

「それは、まあ、そうかもしれないですけど……」

気がつけば、また言いくるめられている。

そのことに気づいて、ますます腹が立ったときだった。

「陛下は足も悪いのに、明日雨のなか墓参するのは大変だろう？　徳妃もいることだしね」

「ああ、さきほどの……。蔡嬪様の叔母《おば》にあたる方らしいですね」

姪の蔡嬪とは違い、とても落ち着いた雰囲気の女性だった。年齢のせいもあろうが、思慮深そうな眼差しをしていて、陛下の信頼も篤いようである。

「徳妃は、陛下が皇太子だったときに側《そば》に上がった、一番古い妃でね。陛下が即位した直後に出産したんだけど、すぐに子は亡くなってしまったんだ」

「それが、墓参するという皇女様のことですね……」

話をそらされたことに気づかず、気の毒に思いながら螢那はうなずいた。

「ああ。はじめての御子だったこともあって、陛下の哀《かな》しみもそうとう深かったらしい。その当時、絶世の美女と名高かったとはいえ、豪商の娘だった徳妃を妃に上げるのには反対もあったみたいだけど、その件もあって陛下は、彼女を妃に昇格させたっていう経緯があるんだ」

なるほど、姪の蔡嬪が高価な白粉を不自由なく使えることから、実家はかなりの金持ちだと思っていたが、豪商というのならばうなずける。

「ただ、徳妃はその後身籠《みごも》ることがなかったから、最近になって宿下がりの話が出ているらしいね。陛下が彼女と皇女の墓に詣《もう》でようとしているのは、そのせいかもしれない。たぶん、徳妃が妃であるうちに、ふたりで墓参したいんじゃないかな」

「ああ、代わりに姪である蔡嬪様を徳妃の位に上げるっていう、あのシビアな話ですね」

「シビアというか、彼女の実家――蔡家の意向なんだよ。新興の商家だから、娘を妃にするだけじゃなく確実に皇子皇女をもうけて、家を安定させたいんだろうね」

「だけど、蔡嬪様ご本人は乗り気でないって聞きましたよ。蔡嬪様は侑彗殿の妃になりたいんだって」

「気にしなくていいよ。前にも言ったよね。僕は君以外の妃を迎えるつもりはないって」

「……誰もそんなこと気にしていませんが」

甘くささやいてくる侑彗は、螢那のあてこすりにも、まったく動じる気配がない。

そして、まるでそれが将来を誓った証《あかし》とでもいうように、螢那の腰から下がる玉佩《ぎょくはい》に触れてくる。彼女に無理やり押しつけたことなんて、彼の記憶にはかけらも残っていないらしい。

「それでも、さっきはうれしかったな。やっぱり君も、僕を思ってくれているんだってわかったからね。さあ、はやく婚儀の……妃冊封の日取りを決めようか」

「だ、か、ら!!」

玉佩をもてあそぶ侑彗の手を振り払い、キレそうになりながら螢那は話をもとに戻した。

「さきほども言いましたが、蔡嬪様のつけている白粉は、水銀でできてるんです！　側にいれば、誤ってあなたも口にしてしまうかもしれません！　おふたりを引きはがしたのはそういう理由です！」

愛というものでは、断じてない！

「そんなにも僕を心配してくれてるんだね！　うんうん。すべてわかっているよ」

力説しても暖簾《のれん》に腕押し、糠《ぬか》に釘《くぎ》、豆腐に鎹《かすがい》で月夜に提灯《ちょうちん》だ。

「だからそれのどこがわかってるんですかー！　……って、なんですか？」

なにもわかっていないと叫んだところで、侑彗にじっと見つめられ、螢那は訊ねる。

「痴話げんかも、君とならこんなにも楽しいのかと思って」

「誰と誰が痴話げんかですか！」

ああもう疲れると、螢那はうんざりしたのだった。

第五章　誰が皇太子を殺しましたか？

螢那が予測したとおり、翌日の天気は雨だった。

皇帝陛下は、昨日無事に徳妃と墓参できただろうか。父母がそろって会いにきてくれたなら、幼くして亡くなったという皇女もきっとよろこぶだろう。

窓の外で天から落ちてきた雨粒が草木の葉にぶつかる音を聞きながら、そんなことを考えていた螢那だったが――。

「これ、娘！　なんじゃこの汚れは!?」

しみじみとしていた気分を吹き飛ばすような乳母の叱責が飛んでくる。

怒りを買って二度と呼ばれないと思っていたのに、今日も呼ばれてしまったのは、ミョウバンのおかげで大切なハンカチの臭いがすっかり取れたからだろうか。

余計なことをしなければよかったと少し後悔しながら振り返ると、螢那の眼前に突きつけられていたのは、寝台の隅をつっとなぞった指先だ。そこについているのは、わずかばかりの埃《ほこり》である。

「そのくらいの埃、あっても死にませんよ……」

螢那がため息をつくと、乳母は目をカッと見開いた。

「なんじゃと!? 近頃の若いもんはこれだから！ いいか？ 我の若かりしころはだなあ──」

「……気鬱の病なんて、やっぱりぜったいになにかの間違いですよね？」

もう何度目かわからない乳母の昔話に、螢那は思わず遠い目をしてしまう。これほど元気なのであれば、いいかげん解放されたいと。

だというのに──。

「なんと喜ばしいことだ！ たった一日で乳母がこれほどに回復するとは……」

しかし乳母を見舞いに来ていた皇后は、感極まったように声を震わせた。

「これもみなそなたのおかげだ、螢那よ。礼を言うぞ」

「いえ、私なにもしていませんけど……」

体調を診たわけでも、病に効く薬草を煎《せん》じたわけでもない。ただいびられているだけである。

「ご心配をおかけしました、お嬢──いえ、皇后様。この乳母はすっかりよくなりましたゆえ、お心を安んじられませ」

「うむ」

乳母の言葉に、皇后は満足そうにうなずいた。そして昨日同様、螢那がお役御免を訴えようとする隙を与えず、部屋を出ていってしまう。

その背中をにこにこと見送りおえると、乳母はふうと大きく息を吐きだした。

「さすがに疲れたのう。しばし眠るゆえ、そなた、我が寝つくまで琵琶《びわ》のひとつでも弾いてみい」

「また無理難題を……」

文句を言おうとしたが、乳母はすでに目をつむって寝台に背中を預けている。見舞いに来ていた皇后の手前、もしかしたら本当に無理を押して振舞っていたのかもしれない。

「あの……どうして薬を飲まないんですか？　皇后様が心配していましたよ」

素直に部屋の隅に立てかけてあった琵琶を取りにいきながら、螢那は訊ねた。せめて薬だけでも飲んでくれれば、皇后も少しは安心するだろうにと。

「……願《がん》をかけたからじゃ」

「願、ですか？」

それはいったいどんな願いだろうか。

そう思ったが、乳母はそれ以上語る気はないようだ。引き結ばれた唇に問いただすのをあきらめた螢那は、いくつかの弦を撥《ばち》で弾いた。そのとたん、乳母ががばりと身を起こしてくる。

「なんだ、その音は⁉」

「いや、私は楽器のたぐいは苦手でして……」

「てへへ」と頭をかいてみせる螢那に、乳母は信じられないものを見たとばかりに顔をゆがめた。

「なんと！　では安眠の香でも焚いてみい」

「いや、それも」

「……ま、まさか、刺繍《ししゅう》や書画もか？」

「無理ですー」

乳母が挙げたのは、およそ良家の娘であれば、嫁入りに必要な教養として叩《たた》きこまれるたぐいのものである。

しかし螢那の母は庶民だったし、そのうえおおらかな性格だったので、螢那が興味を持たないものについて強要することなどいっさいない人だった。

母の死後引き取られた祖母にいたっては、「そんなことより死霊と話せ」と言うような人だったので、話題に上るはずもない。

「陛下の妃嬪に上がろうとするものが、楽器も刺繍もできないと申すのか⁉　なんとあつかましい！」

「いやだから、私は妃に上がりたいなんて一言も言ってないんですけど……」

皇后様が勝手に言いだしたことで、皇帝陛下の妃嬪になるなど、螢那はこれっぽっちも望んでいない。この乳母は、いったいいつになったらそのことを理解してくれるのか。

「いいか、幼いころからお嬢様は――」

また乳母のお嬢様語りがはじまってしまった。螢那がそうげんなりとしたときだった。

「お嬢様には、一点の曇りもない、最高の人生を歩いてほしかったのだ。それをあの男が！」

乳母は激昂《げきこう》したように、布団《ふとん》に拳を叩きつけた。

「皇太子位をかっさらうなど、やはり許せぬ！　八つ裂きにしても足りぬわ!!」

「あの男って、ゆ、侑彗殿のことですか？」

乳母のあまりの剣幕に、螢那は口ごもりながら訊ねた。

「ほかに誰がいる！　あの男は、睿輝様を殺して、まんまと皇太子位を手にしおった極悪人だぞ!?」

「ゆ、侑彗殿は違うと言ってましたが……」

極悪人というのはあながち間違っていないし、そもそも息を吐くように嘘をつく男である。そのためどこまで信じていいかは螢那も迷うところではあるが、それでも彼はその件に「関わってない」と言っていた。

「違うわけなかろう！」

「ひえっ！」

しかしそれまで以上の激しさで乳母に叱責され、螢那はびくりとなる。

「そなたが疑うのならば話してやろう。あれは忘れもしない、十年前に皇帝陛下が催された春の鷹狩《たかが》りのときのことだ——」

「ああ、巡狩《じゅんしゅ》のことですね」

古来、狩りをすることは、皇帝にとって重要な勤めのひとつとされている。いにしえの時代においては、狩った動物を供物《くもつ》として捧《ささ》げることは、その地を治める許しを神から得るための神事であったからだ。

時代の移ろいとともにそのような意味はなくなったものの、それでも狩りは、軍事訓練のひとつとして重要な意味を持っているだけでなく、皇帝みずから地方を視察し、その権威を示すためのよい機会とされているのだ。

そのなかでも春と秋の巡狩は、皇后をはじめとした妃嬪や、臣下の家族が伴われることもあり、いくつもの天幕が張られ、娯楽をかねて数日かけて大規模に行われることが多い。

「そうじゃ。そもそもあのときは奴《やつ》め、皇太子たる睿輝様がいらっしゃるというのに、身の程知らずにも狩りの腕をひけらかしおって！　ええい、それだけでも口惜しいことよ！」

どうやら狩りの腕は、侑彗のほうが前皇太子よりも上だったらしい。乳母は当時のことを思い出したのか、さらに感情を高ぶらせて続けた。

「そして昼の休憩を挟み、午後になって間もなくのことだ。突然睿輝様の乗っておられた馬が暴走し、落馬されてしまったのだ！　睿輝様はすぐに母であるお嬢様の天幕へ運ばれたが、我らの必死の看護もむなしく、そのままお亡くなりになってしまった……！」

「前の皇太子様が亡くなったのは、落馬のせいだったんですね……」

そのあたりの事情をはじめて聞いた螢那だったが、それでも腑《ふ》に落ちなくて乳母に訊ねる。

「だけど、そういうことでしたら、なおさら侑彗殿は無関係なのでは……」

「いいや、奴が殺したのだ！　そのとき睿輝様が乗っていた馬は、もともとはあやつの馬だったのだからな！　奴がなにか、馬に仕掛けをして睿輝様が落馬されるよう仕向けたに決まっている!!」

「ええ!?」

「おかしいだろう。午後になって、急に互いの馬を交換するなど！　落馬のあと皇后様の父君があの者を追及なさったが、奴は知らぬ存ぜぬを押しとおしおって、結局この件はうやむやになってしまった。だが我はけっして忘れぬ。あやつが睿輝様を殺したのだ!!」

「いや、でも……」

「信じぬのか？　さてはそなた、やはりあの者の回し者だな!?」

「そういうわけでは……。ですけど──」

逆に証拠もないのに、乳母がここまで確信している根拠はなんだろう。

「もうよい。やはりおまえは陛下の妃にはふさわしくない。出ていくがよい」

「いや、ふさわしいとかふさわしくないとかではなくてですね。というか、そもそもそれと前皇太子様の件はまったく違う話というか──」

それでも螢那がためらっていると、老人とは思えない声で叫ばれる。

「出てけえええー!!」

加齢臭を指摘したとき以上の剣幕だった。

しかもそれどころか乳母は、ゼエハアと息を乱しながら、手あたりしだいにものを投げつけてくる。

「ひえー！」

螢那は飛んでくる文鎮や鋏《はさみ》を後目に、命からがら乳母の部屋から逃げたのだった。

＊

「やれやれ、今日はまたエラい目に遭いました……」

夜の帳《とばり》が下りた空を見上げながら、螢那はぼやいた。雨はすでにあがっていて、そこに広がっているのは美しい星空だ。

『奴がなにか、馬に仕掛けをして睿輝様が落馬されるよう仕向けたに決まっている!!』

「本当なのでしょうか……」

侑彗とて、十年前となればまだ十四、五歳の子供だ。

もちろん螢那も、前皇太子が亡くなって一番利益を得た人間として、侑彗の関与を疑ったことがないわけではない。

だけど――。

『関わってないよ』

大嘘つきだとわかっているのに、自分はそう否定した侑彗を信じたいのだろうか。

そこまで考えて、螢那は「ハア」とため息をついた。

「駄目です。これ以上考えるのはやめましょう。そもそも私には関係のないことなんですから」

螢那は自分に言い聞かせるように首を振った。

こんなことばかり考えていたら、螢那を皇位継承問題に巻きこみたいらしい侑彗の思うつぼではないか。

『琰王朝にかけられた呪いを解き、世継ぎ問題を解決できるのは巫女のみ』

あんなハタ迷惑な予言になど、踊らされてなるものか。

そもそも予言というものは、嘘っぱちであるだけでなく、往々にして誰かの思惑がからんでいるものである。

なんらかの利益を得るためなのか、それとも不都合なものを回避しようとするためなのか。いずれにしても人の心を操り、なんらかの目的を遂行せんがために、予言というものはなされる。

華妃や彼女の生んだ皇子を排除するために、その皇子が「呪いの御子」であり、「この国に禍《わざわい》を招く」と予言されたように――。

「でもそう考えたら、高祖はなんの目的があって、あんなハタ迷惑な予言を遺したんでしょうねえ」

この琰王朝の皇位継承問題に巫女を巻きこむことは、高祖にとってなにか利益《メリット》があったのだろうか。

「いえいえ、考えません、考えませんから……！」

ふたたび我に返った螢那は、心のなかで強く念じた。はやく侑彗から解放され、こんな物騒な後宮《ところ》とはおさらばしなければ。

たとえ彼が、どれだけ「失われた知識」という巫女の力を欲していたとしても――。

しかしそう思っていても、螢那はなかば無意識に夜空を見上げてしまう。雨上がりの空は澄んでいて、いつも以上に星が瞬いている。

そしてその一角に、数週間前に現れたぼんやりとした光がまだあることを思わず確認してしまい、螢那は苦笑した。

「ああ、もう。巫女など嫌だと思っているのに、本当にやっかいな癖です。こうしてことあるごとに空を眺めてしまうのは……。つまり私が、いまだに婆さまの呪縛から逃れられていないということなんでしょうか」

どんなに螢那が逃れたくとも、長年すりこまれた習慣というものはなかなか変えられない。

昨日皇帝に雲を観《み》て雨を予測してみせたように、螢那は無意識に星や月、太陽など、空のあらゆる変化を探そうとしてしまう。それらを観察し読み解くことが、巫女の本領のひとつとわかっていながら。

『気象を読み、土石を理解し、そこから生じる植物や鉱物を知る――巫女が「神に通じる」とされたのは、そんな神の知識に通じているという意味だったんじゃないだろうか』

侑彗はそう言っていたが、神の知識でもなんでもない。巫女の力とは、何代にも渡る、観察と記録という地道な作業の結果にすぎないのだ。

「それでも、自分から巫女という名のイカサマ師になるなんて、ぜったいにごめんですけど」

もし螢那がいにしえの時代の巫女であるならば、おそらく今年、予言という手法で世の中を大きく動かせる年になるのかもしれない。

巫女が大掛かりなイカサマを仕掛けることのできるタイミングはいくつかあるが、そのうちのひとつは、きっともうすぐやってくる。

「できればそれまでに、この後宮から出られていればいいんですが……」

いつ何時《なんどき》も螢那を口説くことを忘れない侑彗の顔を思い浮かべれば、苦笑しか出てこなかった。

「それにしても、乳母様のあれほど強い思いこみは、どこから来たのでしょうね。話の辻褄《つじつま》があっていないことに、ご自身では気づいていないようですし」

女官部屋のある背後の棟へ入り、自分の部屋で一息ついた螢那は、痛む腰をさすりながら寝台に向かった。なんだかんだと乳母にしごかれ、身体中が悲鳴を上げている。

乳母は興奮したせいか、螢那に当たり散らしたあと本当に寝こんでしまったと聞いた。そのことに責任を感じないわけではなかったが、どうせ薬師でもない螢那が役に立てるとも思えない。

「まあ、考えようによっては、あの乳母様のしごき——ならぬイビリから解放されたわけですし、よかったとしましょう」

あれほど螢那を拒絶した以上、さすがにもう呼び出されることもないだろう。

そう思いながら布団に潜りこんだときだった。

ほとほとと、部屋の扉が叩かれた。

「なんの用でしょう？　もう休むところなんですが……」

自分に来客などめずらしい。しかもこのような時間に。

扉を開けると、宦官の一団が立っていて、螢那は目をぱちくりとさせた。

「来るがよい。陛下のお召しだ」

「……はい？」

意味がわからず、螢那ははてと首をかしげた。

「ええと、どのようなご用件なのでしょう？」

皇帝陛下とは昨日、御花園で言葉を交わしたくらいで、たいした接点もない。夜に突然呼びだされるような覚えはないのだが……。

不思議に思って訊ねると、宦官はなぜわからないのかというような顔を螢那に向けた。

「このような時間に陛下がお召しになったのだ。夜伽《よとぎ》以外になにがある。後宮にいる女として当然のことだろう」

「よ、夜伽!?」

なぜに――?

第六章　夜伽は星空の下で

「ええと、なにかの間違いでは？」

扉を開けた瞬間、色とりどりの花びらを浮かべた風呂が目に飛びこんできて、螢那は顔をひきつらせた。

「いいえ、陛下の思し召しです」

皇帝の寝殿にあたる長生殿《ちょうせいでん》で螢那を出迎えた女官たちは、そう無表情で答えた。そして螢那を彼女たちに引き渡した宦官たちが、くどくどと繰り返していたのと同じセリフを口にした。

「くれぐれもそそうのないように」

「あの、そそうというかですね……。私は太卜署の女官なのですが……」

「それがどうしました」

平然と返され、螢那はますます慌てる。

つまり、さきほど宦官にも言われたように、「この後宮にいる者は、妃嬪であろうとなかろうと『後宮の女』であることに変わりはない」ということなのだろう。

「陛下は真面目《まじめ》でおやさしいお方。そんなお方に望まれたのならば、そのお心に従うのは、この国に暮らすすべての者の義務でしょう」

「えええええ!? まさか断ったら、非国民的なことになるんですか?」

うろたえているうちにも女官たちは、螢那の服を脱がせようと、四方からじりじりと寄ってくる。

夜伽の前の湯あみ、というやつだと頭では理解しているが、状況にさっぱりついていけない。首を振りながら後ずさった螢那は、背中を壁に押しつけた。

「ま、まさか、皇后様の差し金ですか?」

「陛下の妃嬪にしたい」という話は断ったはずだが、なんだかんだと高祖の予言を気にしている皇后が、有無を言わせず強行手段に出たのだろうか。

「なにを言っているのです?」

一番えらそうな女官が眉を寄せたからには、どうやら違うようだ。

しかしそうであっても困った事態であることに変わりはない。

もう後がない。螢那がそう思ったと同時に、女官たちが一斉に彼女に飛びかかり、問答無用とばかりに衣服を剝《は》ぎとっていく。

「ひー!! ぜったいになにかの間違いですー!」

「お見苦しいことをおっしゃいますな！」

螢那の抵抗むなしく、叫んだときにはもう、突き飛ばされるようにして湯のなかに落とされていた。しかも――。

「ちょっと、なんなんです、この肌は⁉　毎日ちゃんと手入れをしていないのですか？」

「信じられません！　髪もぱさぱさじゃないですか！」

「どういうことですか、この手！　爪が割れてますわよ⁉」

「い、痛い！　痛いですー‼」

手加減なく身体中をごしごしこすられて、螢那は悲鳴を上げた。しかも保湿とかなんとか言われて顔に泥を塗りたくられ、わけのわからないものを身体中に揉みこまれていく。

そしてものすごいスピードで螢那の仕度《したく》を整えていく女官たちの気迫に圧倒されているうちに、新しい服を着せられて奥の部屋へと放りこまれてしまう。

すべてが、あっという間の出来事だった。

「どうしたらいいんですかー‼」

眼前でぴしゃりと閉められた扉に、螢那は発狂しそうになる。

さすがに皇帝相手では、面と向かって拒否するのも難しい。なんとか回避する方法はないだろうか。

「だいたい、なんでこんなことに……!? おやさしそうな方に見えたのに！ 思いもよらずエロ親父だったのですかね!? 侑彗殿もあんなだし、なんですか、血は争えないということですか!?」

叔父《おじ》と甥、いやもしかしたら父と息子、やはり同じような人間ということか。

突然やって来た不条理な状況に、だんだん螢那の腹が立ってきたときだった。

「待たせたな」

「ぎゃあ！」

背後から聞こえた声に、思わず叫んでしまった。

「こ、皇帝陛下！」

上ずった声をもらしながら、螢那はとりあえず跪いた。

「今日は、やはり雨が降ったな。そなたの言うとおり昨日のうちに墓参しておいて正解だった」

「……お、恐れ入ります」

それ以外に答えようがなくてうつむいていると、皇帝ははたと螢那の格好に気づいたようで、眉を下げた。

「すまぬ。そなたを呼ぶようには命じたのだが、どうやら女官たちが誤解したようだ」

「ですよね！」

やはり誤解ではないか。

ほっとして、螢那は力いっぱいうなずいてしまう。よかった、皇帝陛下がちゃんとした人で。

「……エロ親父だなんて言ってすみません」

「なにか申したか？」

「いいえ！　なんでもないです‼」

拍子《ひょうし》抜けして、思わず声に出してしまっていたようだ。螢那は慌てて首を横に振った。

「そ、それで、どのようなご用件でしょう？」

「このような時間にそなたを呼びだしたのは、内密でそなたに訊きたいことがあったからだ」

「訊きたいこと、ですか？」

「そなたは死霊が見えるのだな？」

「はあ、見たくはありませんが……」

これまで目にしてきた死霊たちを思い出し、螢那はぞくりと背中を震わせながらうなずいた。

「そなたは昨日……、未練を持って死んだ者は、死霊になると言っていたな？　それはたとえば、『会いたい』や『許せぬ』といった感情が強ければ、死霊になるということか？」

「ええと、たぶんそうなんだと思います。たとえば、恨みを持った者が死霊になりやすいのは、恨むこと自体というよりは、恨みを晴らしたいという気持ちが未練になって、魂魄《こんぱく》がこの世に留《とど》まってしまうような状態なのではないかと」

あくまで螢那の印象で、実際のところはわからない。

しかし、殺された者がすべて死霊としてさまようわけではないし、安らかに死んだ者が死霊としてただよっていることもある。そのため、そういうことではないかと螢那が勝手に思っているだけだ。

「そうか……」

螢那の返答に、皇帝は瞳を閉じた。

沈黙にどうしていいのかわからないでいると、ふいに皇帝が踵《きびす》を返した。

「ついてまいれ」

死霊に遭遇しやすい夜に出歩くのは正直あまり好きではないのだが、皇帝の命とあれば仕方がない。観念して長生殿の外に出ると、さきほどと同じように空には満天の星が瞬いている。

遠くで鬼哭《きこく》が聞こえても聞こえないふりに徹して、宦官たちの持つ提灯の明かりのみをたよりに進むと、わずかに照らされる足元の雑草から、かなり寂れた道を歩いていることがわかる。

「ここは……」

そして連れてこられたのは、以前も迷いこんだことのある宮殿だった。

茈微宮《しびきゅう》――いまも後宮中で恐れられる「華妃娘娘の呪い」が生まれる舞台となったところだ。

それは二十四年前、皇帝陛下の妃のひとりである華妃が、ここで皇子を産み落としたことに端を発する。

皇子の誕生と前後して、皇城を守護しているとされた樹齢数百年の大木が落雷で倒れ、池の魚がすべて死に絶えるなどの怪事が後宮で続いたというのだ。

そのため皇帝陛下が道士に占わせたところ、生まれた皇子は「呪いの御子」とされ、国に禍を招くと予言されたらしい。

噂が噂を呼び、華妃が生んだのは「妖物」とされているなど端々はそれぞれだが、とにかく後宮の者たちは、なにか不幸なことがあるたびに「華妃娘娘の呪い」と言っていまも恐れている。華妃が百日紅《さるすべり》の花を好んだという逸話から、紫色のものが関わるだけで、すべて呪いに結びつけてしまうほどに――。

宮女たちのそんな噂話を知っているのかいないのか、皇帝は荒れた前庭から主殿の階《きざはし》を登り、その扉を開けた。そしてギイという音に思わずびくついてしまった螢那に訊ねた。

「ここに、死霊はいるのか？」

「いません」

扉の奥の暗闇を見据えながら螢那は、以前侑彗に訊ねられたときと同じように答えた。ここに死霊はいない。あいかわらず静謐《せいひつ》な空気が流れている。

「……そうか」

侑彗と同じように、その声は残念そうに聞こえた。だから思わず螢那は訊ねてしまった。

「なぜ二十四年前、華妃様のお生みになった子が、呪いの御子だなんてデタラメを信じてしまったんですか？」

背後に控えていた宦官の喉から、ひゅっと息を呑む音が聞こえた。

まずかっただろうか。

そう思ったが、口から出てしまった言葉はいまさら戻せない。

「だ、だって、池の魚が死んだのも、大木が倒れたのも、仕掛けを施せば人の手で仕立てあげることができますから」

「デタラメ……か」

しかし皇帝は怒ることなく、自嘲《じちょう》するように唇をゆがめるだけだった。

「そうだな。あるいはそうだったのかと思うこともある。いや、いまだけでなく、あれから何度もそう思うときはあった」

「じゃあ、どうして……？」

「……目が、見えなくなったのだ」

「目……、陛下の目がですか？」

「そうだ。琇玉《しゅうぎょく》――華妃が出産する直前から、急に眩《まぶ》しく感じるようになって、そのうちにほとんど見ることができなくなった。薬師に診させても一向に良くならず、あのときはこのまま失明してしまうのではと焦っていたのもあるのだろう。進言に従って道士に占わせたところ、すべて生まれたばかりの子のせいだと……」

「……それで、信じてしまったんですか？」

華妃娘娘の生んだ皇子が「呪いの御子」であると――？

「馬鹿馬鹿しいですー！　生まれながらに呪われた子なんて、いるはずないじゃないですか……！」

父親に切り捨てられた赤子が哀れで、螢那は相手が皇帝ということも忘れて叫んでしまった。たとえ目が見えなくなっていたとしても、それは生まれた皇子とまったく関係のないことだと。

そんな螢那を咎《とが》めることなく、皇帝は静かにうなずいた。

「……巫女殿が言うのならば、そのとおりなんだろう。あのときも完全に信じたわけではなかったが、揺らいでしまったのは事実だ。とりあえず状況が好転するやもと、皇子を皇城から出すことにして、琇玉のこともこの宮殿に軟禁して……。ほとぼりが冷めればもとに戻せばいいと――」

皇帝は当時を思い出すように目を伏せ、深い息を吐きだす。

「しかしあの子は、皇城を出たところで暴漢に襲われ、永遠に失われてしまった。そして産後の肥立ちが悪かった琇玉も、その報《しら》せを聞く間もなく、そのまま息を引き取ってしまった」

皇子が殺されたことに対して、誰かの差し金ではないかと宮中では噂されることもあった。しかしそんな人々も、背後で命じたやもしれない者の存在を感じると、すぐに口をつぐんだという。

「呪いというよりも、我が子や妃を見捨てた天罰なのだろうな。その後、ほかの妃嬪たちが子を身籠っても、みな生まれることなく流れてしまった。唯一無事に生まれた睿輝さえ、成人することなく死んでしまって……」

「……華妃様が、陥れられたと思われたことは？」

誰よりも「華妃娘娘の呪い」を恐れている皇后と、その皇后を蛇蝎《だかつ》のごとく嫌う侑彗――。

ガリガリと氷を噛みつづけていなければ落ち着かない皇后の異食症は、精神的なものから来ていると螢那は思っている。そしてそれは、皇后が前皇太子である睿輝皇子を妊娠中――つまり、華妃が、一足先に皇子を産み落としたころからはじまっているのだ。

皇后が、みずから生んだ子を皇位に就けるために華妃とその皇子を陥れ、その後良心の呵責《かしゃく》を抱えつづけてきた――。

そう考えれば辻褄が合ってしまう。

螢那は、皇后のことが嫌いではない。

彼女は、みずからに厳しく、常におのれを叱咤《しった》しながら立っている人だ。

気位が高くとっつきにくいように見えるのは、実はものすごく人見知りだからで、ときによって苛烈《かれつ》に人を攻撃してしまうのも、それはすべて人一倍臆病で傷つきやすい性格の裏返しだ。

だけど、もし彼女が本当に華妃を陥れたのならば、許されることではない。

「……そうだな」

皇帝とて、皇后の関与を考えたことが一度もないと言ったら嘘になるだろう。しかし彼は夜空を仰ぎ、ただつぶやいた。

「だがそうだとしても、それがなんになる？　あの子は戻ってこない。余のはじめての皇子は――」

暗闇のなか、皇帝の肩が震えているように見えた。その小さな影から感じるのは、ただ深い悔恨のみだ。

追及しなかったのは、おそらく皇后への夫婦としての情があったからだけではない。それ以上に、君主として統治を行わなければならない皇帝は、それによって宮中が乱れ、政《まつりごと》が滞ることを恐れたのだ。

螢那も聞いたことがある。

皇后の父は、宮中で絶大な権力を持つ太師の地位にあり、今上皇帝が兄皇子を差し置いて皇位に就くことができたのは、その太師の力添えがあったからだと。

皇子が殺害されたにもかかわらず、その捜査が早々に打ち切られたのも、皇后の実家と対立することを望む宮廷人がいなかったからに違いない。

「陛下……」

この国でもっとも貴《とうと》い至高の存在のはずなのに、肩を震わすその姿は哀れなひとりの人間に見える。

思わず螢那も、夜空を見上げていた。そしてつい皇帝に声をかけてしまう。

「陛下、夜空にある、あのぼんやりとした星が見えますか？」

空を指さしそう訊ねながらも、螢那は逡巡《しゅんじゅん》した。これでは、みずからイカサマ師の道に進むようなものだと。

だけど――。

「明るい星の右下に、かすかな光のようなものが見えるが……あれは星なのか？」

螢那がさきほど自室の近くでも見ていたそれは、薄暗く、よく目をこらさなければわからないほどのわずかな瞬きだ。

皇帝も、螢那に言われてはじめてその存在に気づいたようにそう言った。

「あれは客星――つまり、普段は夜空にないはずの星、です。あれは天子である陛下の罪によって生まれたもの。ですからもし天が陛下の罪を許すことがあれば、あの星も消えてなくなるでしょう」

「ありえぬ。余の罪が許されることなど、あるものか」

「わからないですよ、そんなこと」

螢那は客星を眺めながら、侑彗の顔を思い浮かべる。

「案外、すぐに消えることだってあるかもしれないじゃないですか」

だって、侑彗がその殺害されたとされた御子だとしたら、たぶん彼は怒っていないだろうから。

螢那の斬首を止めようと刑場に陛下をともなって現れたときも、先日御花園で陛下に跪こうとしたときも、彼から怒りや憎しみといったものは感じなかった。きっとそれらの感情は、すべて華妃を陥れたのであろう皇后に対して向けられている。

「だから、もしあの客星が消えることがあったら、それは天が陛下を罰する気がなくなったということ。そのときはもう、過去を嘆くのはやめにしませんか？」

「……わかった。では天の御心にすべてをゆだねてみようか」

うなずいた皇帝は、じっと夜空を見上げている。

こうすることが、よいのかはわからない。

だけど螢那は、悔やみつづける皇帝を、放っておくこともできなかったのだ。

「……そなたのことを、侑彗は気に入っておるようだな」

食い入るように客星を見つめていた皇帝は、やがてそう口を開いた。

皇帝も、きっと気づいている。

侑彗が、失われたそのときの御子ではないかと。

皇帝がいつそう思ったのかはわからないが、その前までは、いま以上の後悔を抱えて生きてきたに違いない。

「……それは、どうでしょう？」

螢那は顔をひきつらせながら答えた。「気に入っている」といっても、侑彗の本心は、螢那を巫女として体《てい》よく利用したいだけだからだ。

「安心せよ。侑彗の願いならば、できるだけ叶えてやりたいという気持ちはある」

「いや、それまったく安心できないんで！」

暗に太子の妃として迎えてもよいと告げられ、螢那は力いっぱい首を横に振る。

「なんと？」

「いえ、私は、このまま太卜署の女官でいたいと申しますか……」

ごにょごにょと口ごもると、それをどう受け止めたのか皇帝は笑った。

「余が夜半にそなたを召したこと、みなには内密にな。ややこしいことになってはならぬゆえ」

「はい」

ややこしいとは、どのような事態を指しているのかはわからなかったけど、とりあえず螢那はそう答えたのだった。

第七章　たのむから寝かせてください

茈薇宮から自室に戻ったときには、すでに深夜をまわっていた。

『……目が、見えなくなったのだ』

二十四年前、華妃娘娘が皇子を出産する時期に起きたのは、池の魚が死んだり、大木が倒れたりしただけではなかったようだ。

怪事は噂として流れても、皇帝の健康問題は世情不安に直結するため、こちらは厳重に隠され、人々に知られることはなかったのだろう。

「一時的な眼《め》の病気……ですかね。でもそんなタイミングよく起こりますかねえ？」

薬師にも原因がわからなかったそうだが、にもかかわらず、華妃の生んだ皇子を皇城から出すのと前後して回復したというのもわからない。

「当時の薬師が買収されていたとしても、一時的に目を見えなくするなんて……」

螢那は「うーん」と考えこんだ。

「ああでも、いまはこれ以上考えられません……。明日にしましょう」

さすがに眠くて、そろそろ限界だった。螢那はあくびをこぼし、寝台に潜りこむ。

そうしてうとうと、まどろみはじめたときだった。

ドンドンドン！

螢那は扉を激しく叩かれる音にびくりとして跳ね起きた。

「な、何事ですか!?」

こんな深夜に——いやいつの間にか空が白みはじめているので、もはや早朝か。

しかしいずれにしても、人を訪れるような時間帯ではない。

「いるんでしょ!?　開けなさいよ!!」

聞きなれない声に、螢那はますます混乱した。冬薇が後宮を留守にしているいま、この部屋に来るとしたら瑠宇くらいのはずだが、あきらかに彼女の声ではない。

「すみませんが、あとにしてください……」

どちらにせよ非常識この上ない。

眠くて仕方がなかった螢那は、ふたたび布団に潜ろうとしたのだが——。

「いいから開けなさいよ！　はやく!!」

「わかりました。わかりましたから、ちょっと静かにしてくださいー！　隣から苦情が来てしまいます」

ひときわ大きく扉を叩かれ、螢那は慌てて扉に向かった。そしてしぶしぶ開けたところで、そこにいた人物に、目を瞬かせた。

「ええと、蔡嬪様……？」

妃嬪がなぜ女官用の棟に？　しかもこのような早朝に。

「あなた、どうにかしなさいよ！」

「えっと、藪から棒にどうにかしろと言われましても……」

なにがなんだかさっぱりわからない。しかし螢那が戸惑っている隙に、蔡嬪はぐいぐいと部屋へ踏みこみ叫んだ。

「わたし聞いたことがあるのよ！　あなた、前に淑妃様にかけられた『玄冥殿《げんめいでん》の呪い』を解いてみせたんでしょう？　だったらわたしにかかった『北苑の呪い』も解けるわよね!?　わたし、このままじゃ呪い殺されてしまうのよ！」

蔡嬪の言葉に、螢那はため息をついた。後宮《ここ》に入れられてから、何度同じようなやり取りをしてきただろうと。

眠たいのも手伝って、いいかげん嫌になった螢那はつぶやいてしまう。

「またですか……」

「また……ですって!?」

しかしそんな事情を知るよしもない蔡嬪は、真面目に取りあおうとしない螢那の態度に、まなじりを吊りあげた。

「またって、どういう意味よ!?」

「だって、呪い、呪いって……。後宮の方々は、本当にみんな呪いが好きですよね。飽きないんですか？」

「なっ！　あなた、馬鹿にしてるの!?」

「馬鹿になんてしてないですー。だけどですね、この世に呪いなんてものは存在しな――」

納得できないらしい蔡嬪が、螢那の言葉を遮った。

「わたしだって、そんなものずっと信じてなかったわよ！　だけど……、だけど、まさか杏梨まで死んじゃうなんて……！」

「杏梨さん、ですか？」

螢那に怪しげな薬を売ろうとしていたあの侍女が、亡くなったというのか。

「もしかして、水銀中毒ですか？　だからあれほど、その白粉は使わないほうがいいって……」

螢那は蔡嬪の白い肌を見つめながら眉根を寄せた。

昨日、いや一昨日に蔡嬪と一緒にいるときに目にした杏梨からは、とくに具合が悪そうな様子はうかがえなかった。となれば、急性中毒を起こすほど、大量の水銀を吸いこんだりしたのだろうかと。

「違うわよ！　だから呪いだって言ってるでしょう!?」

「死体をちゃんと見てください。亡くなった杏梨さんの唇や歯茎、指の爪は青く変色していたんじゃないですか？　なんなら私がいまから行って死体を――」

「ああもう、そういうことじゃなくて！　楼閣から落ちて死んだんだから、白粉なんて関係ないって言ってるの！」

「ええ!?　っていうことは、転落死ですか？　なんでまたそんなことに……」

螢那は目を丸くした。

「だけど、それならどうして呪いだなんて思うんです？　お話を聞いているかぎり、事故なのか、事件なのかもわからないのですが……」

「だって、この前死んだ桂花に続いてふたり目なのよ!?」

「桂花さん？　ああ、それはもしかして、春先に薪小屋で発見された……」

騒ぎを聞いて駆けつけた螢那が遺体を見せてもらおうとしたのは、たしかそんな名前の宮女だったはずだ。

結局まわりに阻まれてそれは叶わなかったが、その宮女も蔡嬪に仕えていたのか。

「そうよ！　誰もいない小屋で、ハダカで発見されたのよ！　あのときはまさかと思ったけど、あれこそ呪いじゃないならなんなのよ！」

「蔡嬪様のところの宮女でしたら、それも考えられるのは、急性の水銀中毒ではないかと……。白粉の管理とかどうされて――」

蔡嬪の近くで人が突然死するとしたら、それが一番可能性が高いと思ったのだが――。

「あの子は、わたしの白粉に触ったこともないわよ！」

「じゃあ、たとえば変なものを拾い食いしてしまったとか――」

「あなた、やっぱりわたしのことを馬鹿にしてるんでしょ!!」

「言いがかりですー」

「人でなし！」

真面目に話しているつもりなのだが、しかし蔡嬪は怒りで顔を真っ赤にする。

「それもこれも、北苑に立ち入った者はみな不幸な死に方をするっていう、『北苑の呪い』のせいだって言っているでしょ！　だから次はわたしってことじゃない！」

つまり、自分の周囲で立て続けに人が亡くなったので、呪いと思うようになったようだ。

『人は、なにか不幸な出来事が続くと、そこに因果関係を求めるものだよ。平和な日常にどこでどんな不幸に遭遇するかわからないと怯《おび》えるよりも、呪いと思ってでも理由をつけたほうが思い悩まずにすむからね』

以前、侑彗が言っていたことを思い出し、螢那はこういうことかと納得する。

とはいえ蔡嬪の場合は、呪いということにして、よけいに思い悩んでいるようではあるけれど。

「あの、ちょっと整理したいのですが、北苑には、杏梨さんと、その桂花さんと、蔡嬪様の三人で行かれたんですね？　そのうちのふたりが亡くなったので、次は自分の番ではないかと危惧されている、そういうことでいいですか？」

「そうよ！　北苑の呪いのせいでふたりは……」

「でも北苑って、宮女たちの墓地があるところですよね？　私も行ったことありますけど、なんともないですよ？」

北苑は、宮城の奥に広がる雑木林のようなところだ。その一画には、後宮内で亡くなった宮女たちを葬った墓地があり、昨年の秋に、宮女の墓を暴いたときに螢那も行った。

しかし立ち入ったら呪われて不幸な死に方をする、なんて話があっただろうか？

「そこじゃないわよ！」

心配ないと言った螢那に、蔡嬪は声を荒らげた。

「もっと奥よ！　石碑があるの。なんでもそこは、威《い》王朝の最後の皇帝が自害したところで、そこに行くと呪われるって昔から言われているの！　琰王朝になってから、何度もその石碑を撤去しようとしたらしいんだけど、そのたびにそれに関わる者が不審な亡くなり方をするから、手つかずのままだって……！」

「へえ、初耳ですー。だけど蔡嬪様、そんなところにいったいなんの用があったんですか？」

「……散歩よ。気がつかないうちに、迷いこんでしまったの」

「まあいずれにしても、死者が生者を呪うことなんてありませんから。そもそも、そこで亡くなったという最後の皇帝にそんな力があれば、威王朝が琰王朝に滅ぼされるなんてこともなかったでしょうしねー」

ははは、と笑うと、蔡嬪はふるふると身体を震わせた。

「もういいわよ！　あなたなんて当てにしたわたしが馬鹿だったわ！　もしわたしが死んだら、あなたのせいなんだから!!」

「……そんなことを言われましても」

捨《す》て台詞《ぜりふ》を吐いて嵐のように去っていった蔡嬪の背中を見送り、螢那はやがてはっと気づいた。

「あれ？　そういえば、杏梨さんが亡くなった状況について、詳しくお伺いするのを忘れてしまいました」

転落死――。

先日言葉を交わしたばかりの人が、そんなことになるなんて。

「はやく遺体を確認しませんと……」

そうは思うが、ほとんど徹夜状態だったせいで身体が動かず、螢那はそのまま寝台につっぷした。

「ああでも、少しだけ、少しだけ寝てから……」

うとうととした螢那は、結局眠気に勝つことができず、今度こそ深い眠りについたのだった――。


ドンドンドン!

しかし螢那は、またもや戸を叩く音に起こされた。

寝ぼけたままあたりを見まわすと、あたりはすっかり明るくなっていた。さきほど蔡嬪が去ってからは少し経っているようだ。

「今度は何でしょう……」

また蔡嬪だろうか?

そう思ったが、叩き方が彼女とは違う。わずかに力強い気がした。

とはいえ、ゆっくり眠らせてほしいとしか考えられない螢那はふたたび枕に沈んだ。

「すみませんが、私、今日はまだ寝ていたいので……」

用があるなら出直してほしい。そう告げようとしたのだが――。

バンッ！

返事を終える前に、突然扉が蹴破られた。

「ひー!!　何事ですか!?」

「太卜署の女官、螢那殿ですね？」

一気に目を覚ました螢那の眼前で、倒れた扉を踏みつけて部屋に乗りこんできたのは、世にも美しいひとりの宦官だった。

「……はい」

螢那は呆気《あっけ》にとられたまま反射的にうなずいた。

細面《ほそおもて》で色白、そして唇がいやに紅い――。蔡嬪の肌は化粧の色白さだったが、彼は天性のものだろう。

この細い肢体で、よく扉を蹴破ったものである。そう思っていると、その宦官がさっと手を挙げた。そのとたん十人近い宦官がわらわらと部屋へ入ってきて、螢那の寝ていた寝台を取り囲む。

「な、なんですか、いったい!?」

髪もぼさぼさで、顔さえ洗っていない寝起き姿を、どうして衆目にさらされなければならないのか。

そううろたえていると、掖庭官らしい最初に乗りこんできた宦官が静かに口を開いた。

「蔡嬪様の侍女——杏梨殿が死体となって発見されたのはご存じですか?」

「ああ、さっき、蔡嬪様が言ってました」

詳しい話は聞かなかったが、蔡嬪はひどく「北苑の呪い」を恐れていた。北苑に立ち入った者は、不幸な死に方をするのだと——。

そうだ、遺体を確認しようとしていたのだと螢那は思い出す。

「転落死、と聞きましたけど……。ちなみに事故だったんですか? それともまさか事件……?」

訊ねると、掖庭官はその細い眉をくっとひそめた。

「それを私に訊ねますか? ほかならぬあなたが?」

「ええと、どういう意味でしょう?」

螢那が眉をひそめたのは、相手の意図が理解できなかったからだけではない。

さきほどからこの宦官から、みょうに慇懃《いんぎん》な印象を受ける。なんというか、言葉のひとつひとつが嫌味ったらしいのだ。

「つまり、杏梨嬢を殺害した容疑で捕らえられるのは、あなたということです」

「えええええ!?」

まさに青天《せいてん》の霹靂《へきれき》な事態に、螢那は叫んだのだった。

第八章　痛みと快楽のはざまに誘《いざな》われ

「さあ、お吐きなさい」

クソ丁寧な口調で、葉凱《ようがい》と名乗った掖庭官が迫ってくる。

「いやだから、藪から棒に吐けと言われましても……」

掖庭局《えきていきょく》に連行された螢那は、繰り返される一方的な物言いに辟易《へきえき》した。

こうして掖庭局に連れてこられるのは、昨夏に続き二度目だ。そのときと比べれば、今回は取調室で尋問があるだけマシなのかもしれないが、決めつけられて話をまったく聞いてもらえないなら、あのときとなにも変わらないではないか。

「ええと、せめて、杏梨さんが転落した状況だけでも教えてくれませんか？」

なぜ螢那が杏梨を楼閣から突き落として殺したことになっているのか。それを否定する糸口だけでも探《さぐ》りたくて、螢那は訊ねた。

「なにをすっとぼけたことを言うのです。……でもまあ、いいでしょう」

この葉凱という者は、掖庭丞《えきていじょう》——つまり掖庭局の次官にあたるという。

つきあってやるとばかりに口の端を上げるその顔は、どういうわけかそんじょそこらの妃嬪よりも妖艶である。

「杏梨嬢が転落したのは、昭寧楼《しようねいろう》の露台からと思われます。真下で血を流して倒れているところを、明け方に発見されました」

「明け方……」

ということは、蔡嬪が螢那の部屋へ来たのは、杏梨の遺体が発見された直後ということか。自分の侍女が亡くなったことを聞き、気が動転したまま螢那の部屋に飛びこんできたのだろう。

「蔡嬪様にも言いましたけど、それだけでしたら自殺か他殺かわからないですよね？そもそも事故かもしれないのに、どうして私が杏梨さんを突き落としたことになっているんですか？」

露台からと思われる——と話すからには、落ちる瞬間を見た人がいるわけではなさそうだ。

螢那が突っこむと、葉凱は眉をぴくりと動かした。

「しらばっくれるのはおよしなさい。やんごとなき筋から、夜が明ける前に昭寧楼から降りてくるあなたを見たという証言があったのです。しかも暗闇のなか手燭だけをたよりに、ずいぶん人目を気にしながら出てきたと」

「ええええ!?」

やんごとなき筋――まさか蔡嬪が、今朝の腹いせに掖庭局にタレこんだのだろうか。

「でっちあげにもほどがありますー！　そもそも私、昭寧楼に上ったことさえないのに……。っていうか、まさかその証言だけで、私が杏梨さんを楼閣から突き落としたって言うんですか？」

螢那は、蔡嬪に対して猛烈に腹が立った。

呪いなんてないと言っただけで、腹いせに掖庭局にあることないこと吹きこむなんて……！

「だいたい、どうして私が杏梨さんを殺さなければならないんですか？　いまだって蔡嬪様の侍女ということ以外まったく知りませんし、彼女とは一度会ったことがあるっていうだけの関係なのに……」

そして、よくわからない〝美人の薬〟なるものを売りつけられそうになっただけで、互いに恨みつらみなどないはずだ。

「どうして？　決まっています。あなたは、自分が巫女であると吹聴《ふいちょう》しているそうではありませんか」

「してませんよー！」

心外である。自分から口に出したことなどない。侑彗が勝手に言いふらしているだけだ。

「嘘は言わないほうがいいですよ」

「私は嘘が嫌いです――!!」

母が亡くなってから、誰よりも嘘を嫌って生きてきたつもりだ。

螢那はそう至極《しごく》真面目に言ったのに、葉凱は「フッ、ご冗談を」と鼻で笑った。

「先日あなたは、蔡嬪様に『死ぬ』と予言したそうではないですか。そのうえ、まわりの者にも被害が及ぶやもしれないと」

「いや、あれは予言でなくてですね――」

水銀製の白粉を使いつづけていたら、命が危ないと言っただけだ。しかし葉凱は、説明しようとする螢那を遮って断言する。

「巫女として自分に箔《はく》をつけるために、その予言が当たったように見せかける必要があったのでしょう？　そのために杏梨嬢を殺したのですよね？」

「こじつけです――」

「ああ、それとも最終的な目的は金ですか？　蔡嬪様のご実家は、絹を扱う裕福な商家ですからね。蔡嬪様に予言を信じさせ、それから逃れる術《すべ》を教えるとでも言って、金品を巻きあげるつもりだったのでしょうか」

たしかにそれは巫女の常套手段《じょうとうしゅだん》であるが、螢那にとってはまったくもって濡《ぬ》れ衣《ぎぬ》だ。

「ですが！」

急に大きな声を出されて、螢那はびくりとなる。

「予言など、すべて嘘っぱちです。口八丁の出まかせです」

「それにはハナハダ同意しますが……」

「だからあなたが殺したのでしょう」

「だからどうしてそう論理が飛躍するんですか！」

何度となく繰り返された会話に螢那はぐったりとした。

あまりの伝わらなさにどうしようかと考えていた彼女だったが、相手もそうだったのだろう。葉凱も疲れたようにふうとため息をこぼした。

「致《いた》し方《かた》ありませんね。ここまで強情とは」

「やっていませんから。ようやくわかってもらえましたか？」

「どうやら拷問《ごうもん》にかけるしかなさそうです」

「……はい？」

いったいどうしてそうなるのだ──!?

＊

「ええと、冗談ですよね？」

はじめて連れてこられた掖庭局の半地下にある拷問部屋には、刑罰に使われる笞《むち》や杖《じょう》だけでなく、逆さ吊りにするための磔台《はりつけだい》や、水責めに使うのであろう甕《かめ》など、怪しい道具がずらりと並んでいた。

「冗談？　私は冗談が嫌いです」

「嫌です―！　放してください―！」

しかし抵抗むなしく、螢那はあっという間に磔にされてしまう。

「ふふ、心配しなくても、私の拷問は芸術です。素直に話すのならば、身体に痕《あと》が残るようなことはしませんよ」

「いや、そういう問題じゃないですから!!」

痕云々《うんぬん》の前に、痛いのはごめんである。しかも、杏梨を殺したのは本当に螢那ではないので、たとえ痛めつけられても、話せることなどなにもない。

「ひと口に拷問といっても、いろいろあるんですよ。たとえばこれは指締め用の刑具でして、私のお気に入りです。この細竹を拷問相手の指の間に一本挟んでから紐《ひも》をひっぱると、指が締めつけられて激痛が走るんです。しかも血流がそがれますから、しばらく放っておけば指先が腐って落ちてしまいましてね。痛みと指を失う恐怖から口を割らざるを得なくなるというわけです。それからこちらは――」

「誰も聞いていませんー!!」

これまでになく饒舌《じょうぜつ》に語っている葉凱のどことなく楽しそうな表情に、螢那は叫んだ。

「そうですか？　ではさっそく実地で教えてさしあげましょう」

「いえ！　ぜひご説明をご教授いただきたく！」

「素直じゃありませんね。では鼻削《はなそ》ぎの拷問についてでも――」

嬉々《きき》としてまた語りだした葉凱に、螢那はとりあえずほっと胸をなでおろした。これで少しは時間がかせげると。

しかし彼は、はやくも三つ目の刑具を手にしたところで、目を輝かせてしまう。

「ああ、そうですね。あなたにはまずはこのあたりを試してみましょうか」

そう言って、簀巻《すまき》状になっている布をくるくると開いた。そのなかには太さが違う針がずらりと収納されていて、葉凱はそれを螢那に見せながら艶然と微笑んだ。

「ご存じですか？　針は、古くから後宮でよく使われてきた拷問具のひとつなのです。細い針を使えば、傷を目立たせることなく、苦痛を与えられますからね。痕もほとんど残りませんし、内密に罰をあたえるときなどに、重宝されてきたのですよ」

そして葉凱は、そのなかからとりわけ細いものを螢那の眼前に掲げた。

「これからこれを、あなたの指と爪の間に、一本一本刺していってさしあげましょう。

るのであった。

「考えるだけで痛そうですー!!」

　きらりと光る針の先端を見つめ、笑みを浮かべる葉凱のマッドな雰囲気にぞっとする。

　どうしたらいいのだろう。

　斬首も困るが、拷問も困る。どうにかしてこの場を切り抜けなければ――。

　しかし考えれば考えるほど、なにも思いつかずに、あっさり螢那は口を割った。

「わかりました！　言います！　実は昨晩は皇帝陛下と一緒にいたんです」

　ようは螢那がその時間に昭寧楼にいなかった証明ができればよいのだ。皇帝陛下には言わないようにと命じられたが、背に腹は代えられない。

「あなたが？　陛下と？」

　しかし君命に逆らって告白したというのに、葉凱は「ぷっ」と噴きだした。

「もう少しましな嘘をつけばよろしいのに」

「どういう意味ですかー！」

　失礼にもほどがあると、螢那は憤慨する。

「ふふ、ご存じですか？　実は拷問とは、苦痛を与えつづけるだけではうまくいかないのです。人というものは、意外と痛みにもすぐに慣れてしまうものですからね。ですが、痛みと快楽の狭間《はざま》に落ちたとき、人はしゃべらずにはいられなくなるのです」

そして螢那を捉える葉凱の目が、きらりと光った。

「さあ、あなたをめくるめく新しい世界へと誘ってさしあげましょう」

「ド変態ですー!!」

「いいですね。そのすっとぼけた顔が、苦悶《くもん》に歪《ゆが》む様子をはやく見てみたいものです……」

うっとりと恍惚《こうこつ》の表情を浮かべる葉凱を前に、螢那の背中にだらだらと冷たい汗が流れた。

「さあ……！」

左手の小指をつかまれ、抵抗むなしく引っ張られる。針先が爪にあたり、螢那は目をぎゅっとつぶった。

「お待ちください！」

「困ります！　いま取り調べ中ですから――」

突然響いてきた声に、葉凱の手が止まった。

「……何事でしょう、騒がしいですね」

不快そうに葉凱が目をやった向こうから聞こえたのは、螢那のよく知っている声だった。

「いいから通しなよ」

「で、ですが……あっ！」

戸惑う掖庭官の声をかき消すように、扉がガンッと開けられた。

「侑彗殿……！」

とまどう掖庭官たちを押しのけ強引に部屋に入ってきた彼は、縛られている螢那を一瞥《いちべつ》して眉をひそめる。そしてみずからを追いかけてきた掖庭官のなかで、恰幅《かっぷく》のいいひとりに向かって質した。

「鍵は？」

「いえ、あの……」

服装を見ると、どうやら腹の大きなこの宦官が、掖庭局の長である掖庭令《えきていれい》らしい。

侑彗はだらだらと汗を流す掖庭令を睥睨《へいげい》しながら、再度問う。

「鍵はどこだと訊いているんだよ」

螢那でさえ、あまり聞いたことのない不機嫌な声だった。

震えあがった掖庭令は、部下にあたる葉凱の腰に下がっていた鍵をむしり取り、侑彗へと差しだした。

「僕の巫女を返してもらうよ」

「って、あなたのではありませんが……」

いや、ここはあえてなにも言うまい。とりあえずこの拷問部屋から出してもらうのが先である。

しかし奪った鍵を使って螢那を拘束していた鎖を外す侑彗を、葉凱が止めた。

「お待ちください、殿下。その女官には、麗仁殿の侍女を殺害した容疑がかかっているのです。おかばいになるのは、御身《おんみ》のためにならないのではありませんか」

「これ、葉凱！　よさぬか！」

上官である掖庭令が慌てた様子で止めようとするが、葉凱にかまう気配はない。

「取り調べだって？　拷問で自白の強要をすることが？　そもそも彼女は、後宮の管轄ではない。君が取り調べる必要はないよ」

拷問器具がずらりと並んだ部屋へと視線をめぐらせる侑彗に、葉凱は「ふっ」と笑みをこぼした。

「罪に管轄は関係ありますまい。もし殿下のおっしゃるように無罪であるならば、なおさらこちらで調べさせていただいても問題はないはずです。皇后宮からも、この女官が素直に罪を認めない場合は、拷問による自供もやむなしと、許可をいただいております」

「皇后宮――皇后様が……？」

螢那は愕然《がくぜん》とした。

皇后は、螢那が杏梨を殺した犯人だと疑っているのかと。

しかも螢那が認めなければ拷問してもいいだなんて……。最近皇后とはよい関係を築けていると思っていたが、それは螢那の思い上がりだったのだろうか。

しかし侑彗は、葉凱の言葉を一蹴した。

「皇后の許可なんて関係ないよ。僕が許さないと言っているんだ」

「皇后様と真っ向から対立なさるおつもりで？」

「なにをいまさら――」

「あああああ！　物騒なことは言わないでくださいー！」

過激なことを口走るなと、慌てたのは螢那だ。

皇后様と侑彗は、ただでさえ天敵同士なのだ。自分のせいでこれ以上侑彗と皇后の仲が悪化するようなことになったら、どんなとばっちりを受けるかわからない。

想像するだけで怖すぎる。

「ああもう！　わかりました。わかりましたから！　ようは杏梨さんを私が殺してないって証明できればいいんですよね⁉」

思わず螢那は、そう叫んでしまったのだった。

第九章　呪いの御子は巫女をご所望

あいかわらず、掖庭局から出たあとの太陽は眩しい。

そういえば斬首されそうになったときもそうだった。そんなことを思い出しながら半地下の拷問部屋から出ると、どっと疲れが押し寄せてくる。

「どうしてまた私がこんな目に……」

「危ないところだったけど、間に合ってよかったよ」

さきほどまでの怜悧《れいり》な印象とは打って変わった、にこにことした笑顔の侑彗に、螢那ははじめて心の底から礼を言った。

「侑彗殿。今回ばかりは助かりました！　ありがとうございます！　もう少しであのド変態に拷問されてしまうところでした!!」

あれは真正の変態だ。螢那を拷問すると言ったときの目が、すこぶる楽しそうに見えたのは、きっと気のせいではない。

「瑠宇から聞いて急いで戻ってきたんだ。郊外の練兵場まで出ていたんだけど、緊急の使いが来てね。そこから馬を走らせたよ」

さすが瑠宇は、やることに抜かりがない。掖庭局が螢那を捕らえたことにいちはやく気づき、すぐに侑彗に知らせてくれるなんて。

「ほんと助かりまし――」

「急がないと、皇后が君を助けてしまうと思ってさ」

「……はい？」

どういう意味だ？

「掖庭局は皇后の管轄だからね。君のことを彼女が耳にすれば、すぐに取り調べを止めるよう話が行くだろうと思ったんだ。だけど、君に感謝されるべきは僕じゃないとならないだろう？」

侑彗がそう言うと「さあ」とばかりに螢那に向けて腕を広げる。

「遠慮なく、感極まって僕に抱き着いてきてくれていいよ」

「まったくもって意味不明ですー！」

螢那は頭痛を覚えた。

「それに杞憂ですよ。皇后様は……私に拷問するのもやむをえないって言ったらしいですし」

皇后のことを思うと、螢那の気分は沈んだ。

やはり昨日、乳母と口論になってしまったのがいけなかったのだろうか。皇后も乳母から話を聞いて、同意しない螢那を許せなく思ったのかもしれない。

いやそれとも、そもそも仲良くなったと思っていたのは螢那だけで、皇后にとっては螢那のことなど、はじめから物の数にも入っていなかったのかも……。

「そうだね。僕もまさか皇后が、君への拷問を許可するなんて予想していなかったよ。つまり、君のことを一番に思っているのは、やっぱり僕だってことが証明されたね」

「……侑彗殿と話していると、いろいろ悩むのが馬鹿馬鹿しく思えてきます」

しかしそのおかげで悲しい気持ちが薄れているのも事実である。

螢那が、少しばかり思い上がっていただけ。落ちこむ必要なんてない。皇后にも譲れないものがあるだけだと。

「それにしても、どうして君が蔡嬪の侍女を殺したことになってるんだい？」

「たぶん、蔡嬪様が掖庭局になにか言ったんだと思います。早朝――つまり杏梨さんの遺体が発見された直後に私の部屋に来たんですけど、私が『呪いなんてない』って話したら、怒って帰ってしまって……」

「呪い？」

「北苑の呪いとか言ってましたけど……。聞くところによると北苑には、威王朝の最後の皇帝が自害した場所があるらしくて、そこに立ち入ると不幸な死に方をするとかなんとか……」

たしかそんな話だったはずである。

「ふーん、はじめて聞いたよ」

「麗仁殿では、今回亡くなった杏梨さんだけではなくて、春先にも桂花さんという宮女が不審な亡くなり方をしているんです。そのときは蔡嬪様も、呪いだなんて考えなかったらしいんですけど、杏梨さんが死んだことで、一気に怖くなってしまったみたいで」

たしかに、たった数ヵ月の間に、自分のまわりでふたりも人が死ねば、呪いを信じたくなるのもわからなくはない。

「だけど、呪いなんて本当にありませんから。……ただ、立て続けに人が亡くなったとなれば、もしかしたら呪いでなくともそれ相応の因果関係があってもおかしくないかもしれないのではと──って、なんですか？」

なぜか含み笑いをこぼしている侑彗に、螢那は訊ねた。

「やっぱり君は、事件《トラブル》に巻きこまれる星のもとに生まれてきたんだと思ってね」

「って、巻きこんだ張本人が、なにを言ってるんですか！　侑彗殿に、こんな後宮なんてロクでもないところに連れてこられなければ、私だってもっと平和に暮らしていたはずなんですよ！」

「仕方がないね。君が僕のそばにいるのは、天命――つまり天に定められた運命のようなものだから」

「そこ、開き直るところですか……？」

呪いだけでなく、運命だってあるものか。

あまりに平然と話す侑彗に反発しながらも、しかしもはや逃れられないものさえ感じてしまい、螢那ははっと我に返る。

「いやいや、弱気になったら侑彗殿の思うつぼです……！」

螢那がぶんぶんと首を振っていると、侑彗が目の前にある城壁の先を指さした。

「それで？　掖庭局に啖呵《たんか》を切った以上どうするんだい？　その侍女が落ちたっていう昭寧楼はすぐそこだから、現場を見ていくかい？」

「いや、そこにもう死体がないなら行く必要も――」

杏梨の遺体はとっくに掖庭局に安置されているはず。しかし犯人扱いされている螢那がいま頼んでも、たぶん見せてはもらえないだろう。

それに現場となると――。

「どうしたんだい？　いつもと違って歯切れが悪いね」

「いや、だって転落死ですよね？　死霊がいたら怖いなあと……」

実は死霊というのは、死んだ直後は自分の状態がわからないのか、ふわふわと薄い存在であることが多い。しかし次第に死んだことを自覚するように、死霊として明確な形を結んでいく。

もちろんこれは、死んだことのない螢那の印象なので、実際にどうなのかはわからない。しかし実感としてはそうであり、人が亡くなった直後に遺体を見たいと螢那が思うのも、そのためである。

「ていうか、そもそも杏梨さんは、夜中になんの用があって、そんなところにいたんでしょうね」

杏梨が転落したという昭寧楼は、城壁の出入口となっている昭寧門の上に建てられている楼閣だ。

後宮のなかに城壁があるのは、威王朝の時代にこの皇城が建てられたときは、この昭寧門までが後宮だったからだ。後の時代にいまの大きさに拡張されたが、城壁などはそのまま残され、皇后宮や主要な妃たちの宮殿は、このなかにある。

北苑に行くときなどに通りぬける門なので、螢那も外からなら何度も見ているが、楼閣のなかには入ったことがない。

「最近、離宮で静養されていた皇太后が皇城に戻られたのは君も知っているだろう？それで今度、皇太后が無事帰城されたことを祝う宴《うたげ》が昭寧楼で行われることになっているんだ」

「ああ、そんな話がありましたね」

あんまり自分には関係のない話なので忘れていた。

「普段、楼閣には鍵が掛けられていて自由に入れないんだけど、その準備のために昭寧楼には、ひっきりなしに人が出入りしていたみたいだ。だから見張りの兵たちも、深夜に侍女が楼に上がっていても、誰も気にかけていなかったようだね」

それで朝方になって、楼閣の下で倒れている遺体を見つけて大騒ぎになったのだという。

「ということだったら、やっぱり杏梨さんが楼閣から落ちるところを誰かが見たわけではないんですね？」

にもかかわらず、その近くで螢那を見かけたという話だけで、螢那が杏梨を露台から突き落としたとされるなんて。

そもそも暗闇のなかでまともに顔を判別できるとも思えず、螢那だけを狙い撃ちにしているようで、かなり乱暴な話だ。〝やんごとない人〟が口にしただけで、こんな扱いをされてしまうのなら、本当にすべて権力者の胸三寸ということになってしまう。

もし侑彗が助けにきてくれなかったら、螢那に拷問を免れる術はなかっただろう。

そしてひとたびそうなれば、苦痛から逃れるために、やってもいないことを「やった」と認めてしまわないとは言いきれない。

そう実感したら、いまさらながらぞくりとした。

「本当に納得できません。それにそもそも私、昨夜なら一応その場にいなかったことも証明できるのですが……」

「証明だって？」

「実は昨夜は、陛下と一緒にいたので」

「……へえ？」

侑彗の声が一段低くなったことには気づかないまま、螢那は説明した。

「つまり昭寧楼とはまったく正反対の長生殿から部屋に戻ったわけで、そこで私の姿を見るのは、時間的に厳しいはずです。掖庭局でもその話をしたんですけど、信じてもらえなくてですね。きちんと長生殿のほうに確認してもらえれば、どうにかなるのではないかと思うのですが……」

そう話していると、唐突に侑彗に腕をつかまれた。

「え、どうしました、侑彗殿？　って、放してくださいー!!」

彼はそんまま螢那を引っ張り、ずんずんと昭寧門のほうへと歩いていってしまう。

まずい、この先には死霊がいるかもしれないのに。

「いや、だから、そっちには行きたくないんですよー!!」

＊

「ああ、びびりました……」

螢那は、昭寧楼の露台の手すりに、ぐったりともたれかかった。

結局、城壁の下に杏梨の死霊はいなかった。楼閣のなかにも見当たらず、二階のこの露台に出たところで、ようやく螢那は息をつけたのだ。

ほっとすると、南に向いた露台からは、後宮の——いや皇城にあるあまたの建物の瑠璃瓦《るりがわら》が、延々と続いている様が目に飛びこんでくる。

しかし、手すりから真下を覗くと、思わず足がすくんでしまいそうになる高さだ。さすが城壁の上に建てられた楼閣なだけある。

真下に杏梨が倒れていたというところが見えるので、彼女はこのあたりから転落したのだろう。

「……なるほど、こんなところから落ちたら、ひとたまりもありませんね」

吹きあげてくる風にあおられたこともあり、螢那はぶるりと震えた。

「で？」

「はい？　なにか言いましたか？」

風の音で聞こえず、螢那は侑彗を振り返った。

「どうして昨夜は陛下と？」

「え？　って、ええと、なにか怒ってますか？」

質問の意図がわからず、螢那は首をかしげた。なんだか彼の機嫌が悪いように見えるのは気のせいだろうか。

「そんな夜更けに、どうして君は陛下といたの？」

そういえば、楼閣の階段を上っている間じゅう、侑彗は一言もしゃべっていない気がする。目を瞬かせたところで彼と視線がからみ、螢那はようやくなにを疑われているかに気づいた。

「ち、違います！　そういうんではなくてですね！」

ぶんぶんと首を横に振りながらも螢那は、昨夜の陛下との会話を侑彗に話していいのかためらった。二十四年前に華妃が生んだという御子が、侑彗だと確証があるわけではないからだ。

「なにが違うんだい？」

そう言った侑彗が螢那の手を取った。

「いつもと違って爪がきれいだね？　女官たちが磨いたの？」

「いつもと違ってって、普段そんなに汚い……？　ええと、そうじゃなくて――」

なんだこの浮気をなじられているかのような状況《シチユエーション》は——。

いやいや、自分と侑彗は断じてそのような関係ではない。なにを訊かれても堂々としていればいいのだ。

しかしじっと見つめてくる侑彗の目がなんだか怖くて、螢那は思わず叫んでしまう。

「いや、だから……陛下には茈薇宮に連れていかれたんですよ！」

「……どういうこと？」

侑彗は眉根を寄せた。剣呑《けんのん》な気配は薄まったが、皇帝の悔恨に満ちた顔が思い出され、さらに迷いが大きくなる。

「その……夜に陛下に呼び出されて長生殿に行ったら、強い感情を持ったまま亡くなった者は死霊になるのかと訊ねられてですね……！　それで、茈薇宮に連れていかれて——」

しかし驚いているのか、それともなにか考えているのか、侑彗はなにも言葉を返さない。そのせいで螢那は、逆に饒舌になってしまう。

「だから、その……陛下は二十四年前、華妃様を疑ったことを、後悔されているようでした」

「……ふーん」

彼らしくない気のないような返事が、きっと答えなのだろう。だからこの微妙なやりとりが気持ち悪くて、螢那は覚悟を決めた。

「ああもう！　ずばり訊いてしまいますが、二十四年前に華妃様が生んだ御子というのは、あなたなんですよね？」

しかし彼は口に出してはなにも答えなかった。その沈黙が耐えられず、螢那の口はさらにぺらぺらと回ってしまう。

「だって侑彗殿は前に莊薇宮にいましたし、死霊に会えないっていったら残念そうでしたし、なにより陛下とよく似ていますし！」

「……そんなに似ている？」

しばらく無言でいた侑彗が、ようやく口を開いた。

「はい？」

「僕と陛下」

「似ています」

と言っても、叔父と甥であれば、似ていてもおかしくはないのだが。

螢那も以前、莊薇宮にいる侑彗と会っていなかったら、親子かもしれないなどとは考えなかっただろう。ここに死霊はいるのかと、そう訊ねた侑彗があれほどに寂しそうに見えさえしなければ。

「……二十四年前、莊薇宮で華妃が出産したあと、生まれたのは呪いの御子だという予言がされた」

螢那はうなずいた。そこまでは以前も聞いているし、陛下も同じことを言っていたからだ。

「それを信じた陛下は、皇子の名を皇統譜に記載することなく、皇城から出すことを決めてしまった。それで皇子の乳母が一計を案じて、自分の生んだばかりの息子と皇子を入れ替えたんだそうだ。そして後宮を出たあと、何者かの襲撃によってその乳母の子は死に、生き残った皇子を、彼女は皇帝陛下の異母兄にあたる惇弘《じゅんこう》親王のもとへと連れていった。——その乳母というのが、喬詠の母さ」

そしてつまり、その皇子が侑彗というわけである。

自分の息子を亡くしてまで侑彗を守りぬくとは、その乳母はよほど忠義心の篤い人だったのだろう。

皇子を襲撃したのは、皇后なのか。その話だけでは判じることはできなかったが、少なくとも侑彗はそう信じているに違いない。

「でも、華妃様を陥れた人のことはともかく、陛下のことは、もう恨んではいないんでしょう？」

「そんなわけないじゃないか」

間髪《かんはつ》を容《い》れずに断言され、螢那はうろたえた。

「え、あ、そうなんですね」

しまった。恨んでないと思って陛下にいろいろと無責任なことを言ってしまったではないか。

「ただ君が、母の死霊はいないと言うから――」

「はい？」

「前に君は、茈薇宮でそう言っただろう？」

「たしかに言いましたけど……」

「もともと華妃――母が亡くなったのは、産褥熱《さんじょくねつ》のせいだと聞いている。軟禁されていなければ、十分な手当てを受けて助かったかもしれない。そう思う気持ちがないわけではないけれど、もし軟禁されていなくても、やはり亡くなっていたのかもしれない」

彼にしてはめずらしい歯切れの悪い言葉は、彼の整理のつかない感情を表しているようだった。

「だから、もし母が父を恨むことなく亡くなったなら、僕に彼を恨む理由なんてないのかもと思った。少なくとも僕は殺されることなく、義父上《ちちうえ》に預けられたし、こうして太子に立てられて、失ったものも取り戻しているしね」

それでも侑彗のなかには、一朝一夕に解《と》くことなどできない、いまも複雑にからみあった気持ちがあるのだろう。

「それに、そもそも予言されたとおり、僕が呪いの御子というのもあながち間違ってないんだろうしね」

「え？」

「僕のために母が死に、乳兄弟である喬詠の兄も死に、そして犠牲を払って助けてくれた乳母さえいまはいない。みな死んで、僕だけが生きている。僕さえ生まれなければ、みな死なずにすんだと思えば、僕が呪われているのはたしかだ――」

「って、なに言ってるんですかー!!」

思わず螢那は侑彗の言葉を遮って叫んだ。

「本気で言ってるんですか？　生まれたときに、運命が決まっている赤子なんているわけないじゃないですか！　ましてや呪いを招く赤子なんて！」

信心深いという皇帝陛下はともかく、まさか普段ずる賢いほどに理性的な侑彗がこんなことを言うなんて。

そう思ったら、驚きを通りこして腹が立ってきた。

そんな適当な予言をした者も、それを安易に信じた陛下も、そしてそんなものに振り回されている侑彗にも――。

「まったくもって意味不明です。何度でも言いますが、この世に呪いなんてものは存在しないんです!!」

そう断言したとたん、侑彗はふっと息を吐きだした。

「そうだね。君ならきっとそう言うと思った」

見たことのないような無防備な笑みを向けられ、螢那は一瞬どきりとしてしまう。

「わ、わかっているなら――」

「だけどね、螢那。僕の生が、母や乳母、乳兄弟の生の上にあるのは事実だ。死んでいった彼らの生に意味を持たせるためには、僕は皇太子になっただけでは駄目なんだよ」

かりそめの皇太子――。

以前、侑彗がそう呼ばれていたのを聞いたことがある。

妃嬪の誰かが皇帝陛下の皇子を生めば、その瞬間に、陛下の甥でしかない彼の立場は瓦解《がかい》する。

彼がいるのは、いまだ薄氷の上なのだ。

「だからそばにいてくれ」

気がつくと、侑彗にまっすぐに見つめられていた。

わかっている。だから侑彗は、巫女である螢那を求めるのだと。皇位を得るために、必要だと思って――。

そのはずなのに、いつもの軽薄な口調とは違う切実な声でささやかれたら、いままでのように突っぱねられないではないか。

「君さえいてくれたら、きっと僕は何者にもなれる」

風が、侑彗の髪をあおった。

まずい、と螢那は後ずさる。

このままでは、弱さをさらけだしてくる彼にうなずいてしまいそうになる。

『君ならば、僕にかけられた呪いを解いてくれるんじゃないかと思ってるんだ』

ああそうか。

あのときの彼の言葉は、そういうことなのかと——。

「私は——」

やはり立ち入るべきではなかった。赤子が侑彗かだなんて、訊かなければよかったのだ。

しかし螢那がわずかに作った隙間を、侑彗は埋めるようにふたたび距離を詰めてくる。

螢那は、誰の味方にもなるつもりはない。

巻きこまれたくない。

だけど——。

「……陛下には、天子の罪によって生まれた客星が消えれば、それは天に許されたことだと言ってしまいました」

「客星？」

視線をそらしたままようやく口から出た言葉は、侑彗に求められていただろうものとはまったく違う言葉だ。

「一時的に空に現れる星のことです。その客星のことを、祖母はほうき星ではないかと言っていました」

巫女たちが、気の遠くなるような長い年月にわたって子々孫々へと受け継いできた膨大な記録。それを基にした知識と知恵こそが、巫女の力の源泉――。

つまり、螢那に言わせればイカサマのネタであるが、そのなかで、だいたい三十数年ごとに現れるほうき星がある。

昨夜陛下に指し示したのは、おそらくそのほうき星だ。だとしたらあと数週間、はやければ数日で消えることがわかっている。

「……私は、あなたに協力するとは約束できません。でも、困っているなら手伝いたいというくらいの気持ちはないわけではないです」

以前皇后へ言ったのと同じような言葉。それは、いま螢那が答えられるギリギリのものだった。

それがわかったのだろう。侑彗は苦笑した。

「仕方がない。いまはそれで満足しようか」

いまは――。

しつこさに辟易して螢那が思いきり顔をしかめると、侑彗はにやりと口の端を上げる。

「でもいずれうなずかせてみせるよ。まあ、どうせ君は、僕から離れられなくなるからね」

「……その自信は、いったいどこから来るんですかね？」

それでも、彼の変わらない軽口にどこかほっとしたときだった。

ふいに螢那は、刺さるような視線を頬に感じて振り返った。そして「ひいいいい！」と悲鳴を上げる。

「き、喬詠さん？　なんでそんなところに……？」

気がつくと、露台に繋《つな》がる部屋に小姑がいた。しかも柱の陰から、顔の半分だけを覗かせ、こちらをじっとりと見つめている。

「おまえが掖庭局で拷問されそうだというから駆けつけてみれば……」

「って、もしかして、ずっとそうして覗いてたんですか？」

「侑彗様とふたりきりなど、なにか間違いが起きてからでは遅いではないか！」

「って、なんの間違いが起きるんですか！」

へんな想像をしないでほしい。

「いいか、小娘め！　侑彗様といちゃつくなど、俺の目が黒いうちにはぜったいに許さんからな！」

誰もいちゃついてなどいないが、反論するのも面倒くさい。そう思ったところで、はたと気づいた。

一応喬詠も、螢那を助けるために掖庭局まで駆けつけてきてくれたということだろうか、と。

「で、どうするの？」

侑彗は喬詠の奇行に慣れているのか、乳兄弟を放置して螢那に訊ねる。

「どうするって――」

「侍女が死んだ真相を調べるんだろう？　それともその前に、少し休むかい？　早朝から尋問を受けていたんだろう？」

たしかに、朝どころか昨夜からほとんど寝ていなくて、眠くてたまらなかった。だけど――。

「自分の部屋に戻る前に行きたいところがあるんです」

「うん？」

「さすがに、一言言ってやんなきゃ気がすみません！」

よくも掖庭局にあることないこと吹きこんでくれたな、と――。

第十章　だから呪いなんてありません

「困ります！　蔡嬪様はただいまお休みになっていらっしゃいますので！」

腹心の侍女である杏梨を亡くした蔡嬪は、自分の宮殿に閉じこもっているらしい。

そう聞いた螢那は、彼女の居処である麗仁殿に乗りこんだ。

「どいてくださいー！　どうしても直接話さないと気がすみません。こっちはド変態に拷問までされそうになったんですからね！」

ずんずんと奥へ進もうとするのを宮女たちが止めようとしてくる。しかし螢那は怒りに任せてそれを振り払った。

「最初に『北苑の呪い』とかなんとか言って、助けてほしいって来たのは蔡嬪様なんですよ？　それなのにこんな嫌がらせをするなんて、お門違いもいいところですー！」

「北苑の呪いですって……!?」

そのとたん、螢那を止めようと群がっていた宮女たちが、ざっと後ずさった。

「北苑の呪いって……桂花が呪い殺されたっていう、あれよね？」

「もしかして、あれが巫女だって噂の……？」

「怖いわ、空から氷を降らせる女なんでしょう……？」

「私たちも呪われるんじゃ……」

宮女たちは口々につぶやきながら、気味悪そうな目で遠巻きに螢那を見てくる。

「だーかーらー、呪いなんてないんですってば!!」

そう叫ぶと、螢那は「勝手に入らせてもらいますからね！」と告げ、宮殿の奥――あるじの寝室として使われているはずの部屋の扉を叩いた。

「開けてください、蔡嬪様！　いるのはわかっているんですからね！　無視する気ですか!?」

返事がないことにむきになって叩きつづける。それでも声は返ってこず、螢那は扉を力まかせにバンッと開け放った。

「たのもー!!」

「はは、それちょっと違う気がするけど」

ついてきた侑彗が、後ろでおかしそうにつぶやいているのが聞こえる。彼は完全に傍観者に徹するつもりらしく、どうやらこの状況を楽しんでいるようだ。

女装している喬詠はともかく、侑彗のことも、とくに宦官の格好をしているわけでもないのに、誰も皇太子が来ているなどと気づいていない。

あいかわらず侑彗は、変装だけでなく、周囲になじんで気配を目立たなくするのもうまい。それともたんに、みな騒ぎたてる螢那にばかり目をやって、彼に視線が向かないだけなのかもしれないけれど。

「何事よ！　ここには入るなって言っておいたでしょう!?」

帳が下ろされた薄暗い室内に、不機嫌な怒鳴り声が響いた。

しかし声は聞こえど、その姿は見当たらない。目をこらすと、奥の寝台に不自然に盛りあがった布団の塊がある。

「誰って、太卜署の螢那ですよ！　よくも掖庭局にあることないこと吹きこんでくれましたね！」

「は？　なんであなたが……!?　誰か！　追い出してちょうだい!!」

まさか螢那が乗りこんでくるとは思っていなかったのだろう。布団のなかからくぐもった声が飛んだが、しかし巫女だという螢那に恐れをなしているのか、侍女たちはひとりも駆けつけてこない。

「説明してもらいましょうか！　私が杏梨さんを殺した犯人だなんて、どうして掖庭局にタレこんだんですか!?」

「なに言ってるのよ。わたし、そんなことしてないわよ！」

「すっとぼけないでください！　あの変態は、やんごとなき人物からの話《タレコミ》って言ってたんですからね!?　あなた以外に、誰がいるっていうんですか！」

螢那はそう叫ぶと、大股《おおまた》で寝台に歩み寄り、無理やり布団を引きはがした。

「なにすんのよ!!」

「なにすんのじゃないですよ……って、あれ？」

布団のなかでうずくまっていた蔡嬪に振り向かれたとたん、その顔に螢那は目が点になった。

「……ええと、どなたですか？」

「はあ!?　あなた、わたしに用があって来たんじゃないの!?」

「も、もしかして蔡嬪様ですか？　本当に？」

「ほかに誰がいるっていうのよ！」

声はたしかに蔡嬪のものだ。しかし――。

「だって、なんか顔が違いませんか……？」

すっぴんとはいえ、朝方螢那のところにやって来た人物とは、まるで別人だ。そばかすだらけだし、それになんというか、印象がまったく違う気がする。

戸惑った螢那の言葉に、蔡嬪ははっとしたようにふたたび布団を被ろうとする。

「あなたが、あの白粉はやめろって言ったんじゃない！」

「たしかに言いましたけど……」

まさか忠告を聞き入れるとは思わなかった。いや、そうじゃなくて、白粉をやめただけで、ここまで変わるものだろうか。

そこまで考えたところで螢那ははっと我に返り、蔡嬪の布団を取りあげようとする。こんなことを話すためにここに来たわけではないと。

「って、いまはそんなことはどうでもいいんですよ。杏梨さんのことです！　どうして私が犯人だなんて、掖庭局に告げ口したんですか!?　私の姿を見たなんて嘘までついて——」

「だから知らないってば!!」

「しらばっくれるのもいいかげんにしてくださいー！」

「しらばっくれてなんてないわよ！　意味がわからないのは、あなたでしょ!?　杏梨は『北苑の呪い』で死んだのよ！　桂花だってそう！　わたしだって、もうすぐ殺されてしまうのよ！」

「だから、呪いなんてないんですってば！　……って、ん？」

そこまで言ってから、螢那ははたと気づいた。なにかがおかしいと。

「……蔡嬪様は、本気でふたりは呪いで死んだと思っているんですか？」

「だからそう言ってるでしょう!?」

どういうことだろう。螢那は困惑した。

そういえば葉凱は、『予言など嘘っぱち』とは言っていたが、北苑の呪いなどとは一言も口にしていなかった。

葉凱の主張は「予言を当たったように見せかけるために、杏梨を殺した」というものだったはず。しかし蔡嬪はあくまで「杏梨は北苑の呪いで死んだ」と思いこんでいて、葉凱の話と嚙みあっていないような――。

「……つまり蔡嬪様は、杏梨さんの転落現場の近くで私を見たなんて、掖庭局に言ってないってことですか？」

「だからさっきからそう言ってるでしょ！　わかったなら、もう出ていってってば!!」

「いや、もうちょっと話を整理したいのですが……」

螢那はわけがわからなくなった。

「蔡嬪様が言う北苑の呪いっていうのは、石碑のあたりで死んだ威王朝の最後の皇帝が、そこに来た人を呪うっていうものですよね？　ちなみにその皇帝と蔡嬪様は無関係なのに、どうして呪われると思うんですか？」

「へ？」

「だって、死んだ場所に行ったくらいで死霊に呪い殺されてしまったら、この世に安全な場所なんてないじゃないですか」

もちろん螢那だって、目の前に死霊がいたら恐ろしいと思う。しかしそれは生理的な嫌悪感であって、呪われるとは思っていない。死者にそのような力はないからだ。

だからそもそも死霊が見えない人ならば、気にする必要もないはず。

「よほどの辺境でなければ、人が死んだことのない場所なんて見つけるほうが難しいじゃないですか。その理屈だと、とくに人がたくさん住んでいる都なんて、どこに行っても呪われてしまうってことになってしまいませんか？」

「知らないわよ、そんなこと！　北苑の呪いの主《ぬし》は、眠りを邪魔されたことに怒るんじゃないの!?」

「――ということは、その死霊は普段は眠っていると？」

「ああもう、そんなことどうでもいいわよ！」

真顔で訊ねた螢那に、しつこいと蔡嬪が叫んだ。

「なんなのよ、そんな理屈っぽいこと言われたって、知るわけないでしょ！」

「いやだって、どうしてそんなに呪いって、急に思いこんだんだろうって……」

螢那は疑問に感じてしまったのだ。

「まわりで立て続けに人が亡くなれば、そこに因果関係を求めてしまうのも、たしかにわからなくはないです。ですがそれが〝呪い〟でなければならない理由ってなんでしょう？」

「それは……桂花が死んだ日……声がしたらしいからよ。うなり声というか、笑い声というか、ともかく人ならざる声を聞いたって宮女が何人もいたの」

「人ならざる声、ですか？」

「そうよ！　夜になっても桂花が部屋に戻ってこなくて、同部屋の子たちは、もしかしたら化け物に襲われたんじゃないかって話していたらしいの。そうしたら、あんな状態で発見されて……」

思い出してぞくりとしたのか、蔡嬪は身体を震わせた。

「ただわたしも杏梨も、桂花が死んだときは事故かなにかだと思ってたから、そんな話はとりあわなかったわ。だけど杏梨が死んだ日も、下で見回りをしていた兵たちが、そんな声を聞いたって言うんだもの……！」

「ええと、ちなみに蔡嬪様の考えでは、その人ならざる声を発しているのが、最後の皇帝だと？」

「いちいち茶々を入れないでよ！　そんなに厳密に考えてるわけないでしょ！」

べつに茶々を入れているわけではない。

ただ話に矛盾がありすぎて、理解できないだけだ。

「なるほど。とにかくそれが、蔡嬪様の言う『北苑の呪い』なんですね……」

螢那は、考えこんだ。

人ならざる声とはもしかして――。

「あの、桂花さんは、女性にしては背が高い方でしたかね？　ええと、眉は細めで、唇も薄い、全体的にあっさりした顔立ちというか……」

「そうね、そんな容姿だったわ」

うなずいた蔡嬪に、螢那はやっぱりと確信する。

以前この宮殿に来たときに目にした、あの山姥のような死霊は、桂花だったのだろうと。

だとすると――。

「ちなみに、本当はどうして北苑になんて行ったんですか？」

「それは……」

蔡嬪は螢那から視線をそらして口ごもった。

「散歩なんて、嘘ですよね？」

「もういいわよ！　どうせなにをしたって、わたしは死んでしまうんだから！」

「いやだから……」

「――いいかげんになさい、凜娥《りんが》」

取り乱した蔡嬪をもう一度なだめようとしたとき、落ち着いた声が割りこんだ。

「叔母様!!」

凜娥と呼ばれた蔡嬪が、布団を跳ねのけた。

現れたのは以前御花園で会った徳妃だった。蔡嬪とはあまり似ていないが、蔡嬪が抱きついたのを見ると、仲のよい叔母と姪なのだろう。

「いつまでも、布団なんて被ってないで、しゃんとしなさい。この女官も、太子様も、あなたを心配して来てくださったのでしょう」

「え、太子様?」

蔡嬪――凜娥は、叔母の言葉にはっと我に返ってあたりを見まわした。そして侑彗の姿を見つけ、悲鳴を上げる。

「残念、バレてしまいましたか」

「ご覧になったのですか? わたしの顔を?」

いたずらが露見した子供のように侑彗が冗談めかしたが、蔡嬪は彼に化粧をしていない自分を見られたことが相当ショックだったようで、慌てて顔を隠している。

「黙っていらっしゃるなんてお人が悪いですわ。侍女たちが立て続けに死んで、この子も心の整理がつかないのです。お話があるのでしたら、またの機会に、あらためてお越しいただければありがたいですわ」

「でも……」

「お引き取りを」

食い下がろうとした螢那にも、徳妃はおだやかな笑みを向ける。

しかしその有無を言わさない雰囲気に、螢那と侑彗は部屋から出ざるをえなかった。

「あれほど駄目だと言ったのに。仕方のない子ね……」

閉まる扉の向こうにちらりと見えたのは、寝台につっぷしたまま嘆く姪の頭をなでる徳妃の姿だけだった。

第十一章　北苑の謎とはいかなるものなり

「なんで俺がこんなところに来なければならないんだ」

翌日、立ち入れば呪われるという北苑へ向かっていると、螢那の後ろで喬詠が声を荒らげた。というか、さきほどからずっとぶちぶちと不平をこぼしつづけている。

「仕方がないじゃないですか。蔡嬪様がなにも話してくれないんですから。……ていうか、はじめから喬詠さんについて来てほしいなんて頼んでないんですが」

「何度も言わせるな、たわけ！　侑彗様が行かれるのに、この俺が行かないわけにいくか！」

「はあああ……」

またその謎理論かと、螢那は大きなため息をこぼした。

「そもそも侑彗殿のことだって呼んだ覚えはないんですけどね」

こうして面倒なことになるなら来なくていいのに。そう思いながら、螢那はちらりと視線を向けるのだが――。

「あいかわらずつれないことを言わないでくれ。男というものは、好きな女性に——」

「あーはいはい」

これも以前に言われたセリフなので、さっさと流しておくにかぎる。主従そろって、本当に面倒くさい人たちである。

「だいたい殺人犯にされそうになるなど、おまえに日頃から侑彗様への感謝が足りないからこんなことになるんだぞ⁉」

「ええ⁉　それ関係あります？」

「関係あるに決まっているだろう！」

「滅茶苦茶《めちゃくちゃ》な論理ですー」

本当に意味がわからない。げんなりしながら螢那は、宮女たちが埋葬されている墓地を横切り、その奥へと足を進めた。

「あれじゃないかな？」

侑彗が指さした方向を見ると、林のなかにおそらく樹齢数百年にもなるだろうクヌギの大木があり、そのかたわらには、たしかに石碑があった。

「これが、威王朝最後の皇帝が自害した場所……ですか」

「こんな辺鄙《へんぴ》なとこ、わざわざ散歩に来る馬鹿なんているのか？」

喬詠があきれたように、石碑は北苑でもかなり奥まったところにあった。散歩をしていて迷いこんでしまったという蔡嬪の言は、やはりかなり無理があるだろう。

「ですよねー。だからこうして実際に来れば、なにかわかるかもと期待したのですけど……」

螢那はあたりを見まわしたが、石碑がある以外とくに目ぼしいものはない。どこかで湧き出ているのか小さな水の流れがあるくらいで、ほかには降り積もった枯葉と草木しか見当たらない。

「そもそもその北苑の呪いっていうのも、本当におかしな話だと思いませんか？　威王朝の最後の皇帝が、ここに来た人を呪うなんて。もし本当にその皇帝が呪うとしたら、現王朝の血を引く陛下や、侑彗殿くらいのものでしょうに」

「ば、馬鹿者！　侑彗様が呪われるなど、不吉なことを言うな！　いや、たとえ侑彗様を呪う不届き者がいたとしても、俺がお守りしてみせる！」

「いや、だからそんな話じゃないから、おかしいんですよ。それに、そもそも呪いなんてないので、気負っても無駄ですー」

「なんだとう!?」

「く、苦しいです！」

螢那は首を絞めてくる喬詠の手を振り払って言った。

「とにかく！　呪いじゃなくても、きっとここにはなにかがあるんですよ。でなければ、蔡嬪様がここに来ていた理由をごまかそうとするはずがありませんから」

「だから、なにかとはなんだと訊いているんだ！」

「それがわかれば、苦労しませんよー」

「ふん、役立たずめ」

「はは、もし本当にここになにか人を死なせるものがあるのだとしたら、こうしてやって来た僕たちも明日は生きていないかもしれないね」

「そういえば、そうですね！」

侑彗の指摘でようやくそこに考えが至った螢那は、手をぽんと叩いた。

「おい!! 俺はともかく、侑彗様を危険にさらすとは、許せん！」

「いやだから、ついて来てほしいなんて言ってないんですけど……。ただ考えられるとしたら、キノコ……ですかねえ」

螢那は麗仁殿で以前目にした山姥のような死霊を思い出す。もしあれが本当に薪小屋で死んでいた桂花だとしたら、正気には見えなかったからだ。

「キノコだと？」

「ええと、たとえばこういう紅いキノコが見つかれば、どんぴしゃなんですが――」

螢那は説明しようと、足元の落ち葉を掻《か》きわけ、拾った枝で地面にそのキノコを描《か》こうとする。すると――。

「おまえ、絶望的に絵がヘタだったんだな……」

「余計なお世話ですよ！」

憐れむようにつぶやいた喬詠に、螢那は心の底から腹が立った。

「これはベニテングダケというキノコでして、古くから巫女がいろいろな秘事に使ってきたキノコです。食べると幻覚を見て、量を間違えると死んでしまうこともあるものです」

いわゆる催幻覚性菌類《マジック・マッシュルーム》といわれているもののひとつだ。

巫女の秘術といわれるもののなかに、服餌《ふくじ》というものがある。

服するとはつまり、自然のものを食して、その作用を得るということである。穀物を食べる服穀《ふくこく》や、鉱物を食べる服石《ふくせき》などいろいろなものがあるが、そのもっとも効力の高いものとされるのが服芝《ふくし》である。

そして芝とはつまり、キノコのことだ。

『芝は神草なり』という言葉があるとおり、キノコは神の植物として、さまざまな効力があるとされている。人を死に至らしめるほどの毒となったり、幻覚を見せたりなど、その作用は無数にあると言っても過言ではない。

いにしえの巫女は、キノコを神草として、それらの知識を駆使し、その作用を使いこなしてきた。儀式に使ったり、酩酊《めいてい》状態にして暗示をかけたり、おのれの神がかりを演出したり――。

巫女が迫害されたこの数百年のうちに失われてしまった知識も多いが、それでも螢那も嫌というほど祖母に叩きこまれている。

「ただ、いまの季節にベニテングダケがあるかどうかは……。でも幻覚を見せるキノコはほかにもあるので、とりあえずなにか見つけたら教えてください」

「くそっ」

葉を蹴りあげ、喬詠がぶつぶつ言いながら地表を探しはじめた。

「それにしても、昨日は蔡嬪様の雰囲気がだいぶ変わっていて、別人かと思いましたよ。白粉を塗らないだけで、あんなに変わるもんなんですかね」

「目、かな?」

降り積もった葉を払いながら螢那がつぶやくと、それまで黙っていた侑彗が口を開いた。

「はい?」

「蔡嬪がいつもと印象が違ったように見えたのは、目がいつもより小さく感じたからな気がするよ」

「目……そういえば、そうかもしれませんね……」

化粧の仕方だろうか。

ということは、いつもは目元を強調する化粧をしているということなのか。白粉のことにばかり目がいって、そこまで気にしていなかった。

しかしさすが侑彗は女性の顔をよく見ている。

そう思っていると喬詠が苛立《いらだ》った様子で叫んだ。

「このカタリめ！　紅いキノコどころか、ほかのキノコすら見あたらないではないか！」

「うーん、ということは違うんですかね……」

そろそろ日も暮れてくる。

螢那もさすがに疲れを感じてため息をついた。

「仕方がありません。今日はここまでにしましょう」

＊

その後も北苑には通ったが、半月経っても蔡嬪がそこに立ち入った理由はわからなかった。

「このまま暗礁《あんしょう》に乗りあげてしまったら困りますねえ」

そんなことになったら、あの葉凱という掖庭局の変態が、またなにかの拍子に「拷問を」と言いだしかねない。

夕食を食べながら、螢那がそう大きなため息をついていると、それに気づいたのか尚食局《しょうしょくきょく》の女官――萌蓮《ほうれん》が声をかけてきてくれた。

「今日は瑠宇と一緒じゃないのかい？」

「ああ、今度皇太后様が皇城に戻ったことをお祝いする宴が開かれるって話があるでしょう？　それで皇后宮付きの瑠宇も最近ちょっと忙しいみたいなんです」

「ははは、あの子も仕事することあるんだねぇ」

「はははー、同感ですー」

瑠宇だけでなく、ここ数日は侑彗も忙しいらしく顔を合わせていない。

喬詠だけは侑彗に命じられているのか、北苑に行く螢那についてくる。とはいえ、彼とふたりでいるといびられるので、正直ひとりで行きたいのだが……。

「それで？　なんかまた面倒なことに巻きこまれてるのかい？」

「そうなんですよー、さっぱりわからないんですー」

弱りきったまま螢那は、これまでのいきさつを萌蓮に話した。

「拷問までされそうになって、本当に踏んだり蹴ったりですよー」

「ああ、葉凱様だね……。皇太后様についてしばらく離宮にいらしたみたいだけど、最近戻ってこられたらしいね」

では彼は最近までこの後宮にはいなかったのか。一度顔を見れば忘れることはなさそうな容貌《ようぼう》なのに、どうりで見覚えがないはずだ。

「あんなド変態……いえ、危険な人が、この後宮にいたなんて信じられません」

「いやだけど、葉凱様の拷問は、一度受けると、なぜか男《宦官》も女《宮女》もメロメロになっちまうって噂だよ」

「ええと、それはつまり……」

めくるめく新しい世界の扉とやらを開けられてしまったのだろうか。

「知りたくないですー!!」

葉凱の妖艶すぎる顔がよみがえり、ぞわぞわとしたものが肌を這いあがってくる。

しかしこのままじゃ、またいつその世界に誘われてしまうかわからない。

「まあ、あんたならきっとうまくいくさ。ああ、だからかね。昼間あたしの留守中に瑠宇から言付けがあったんだよ。あんたにとくべつに精がつくものを食べさせてやってくれって、めずらしく銅銭まで置いてあってさ」

「ええ、瑠宇がそんな気遣いを!?」

人にお金を渡すなど、普段の瑠宇からは想像できずに蛍那は驚いた。

「なんだかんだ言って、あんたのことを心配してるんだろ」

「たしかに瑠宇は、口は悪いですけど義理堅いところがありますからね」

ありがたく萌蓮から受け取ると、それは滋養に富んでいそうな薬膳の羹《スープ》だった。瑠宇に渡された金で材料を揃《そろ》えたのか、ショウガや白キクラゲ、鶏肉《とりにく》まで入ったなかなかに豪華なスープだ。表面には、松の実やハスの実、クコの実、棗《なつめ》などが浮いていて、彩りもきれいである。

螢那は碗《わん》に匙《さじ》を入れ、ふーふーと冷ましてから一口含んだ。

「ちょっとほろ苦いですかね？」

「そうかい？　苦い感じに仕上げたつもりはないんだけど」

「あ、でも美味《おい》しいですよ？　大人の味って感じで。身体によさそうです」

そう答えながら二口目をする。

「だけどさ。死んじまった奴にこんなこと言うのもなんだけど、あたしはあの杏梨って女には同情できないねえ。あの女、日頃から下の宮女たちにかなりキツくあたってたみたいでさ。前に亡くなったその桂花っていう宮女も、しょっちゅう食事を抜かれてたみたいで、可哀そうでこっそり残り物をやったこともあるんだ」

「ええ、そうなんですか？」

「そうそう。ほかにも〝美人の薬〟とかいう怪しげなものを売って、借金を取り立てるなんて話もあったしね」

「ああ、〝美人の薬〟……。そういえばそんな話もありましたね」

螢那も宣伝されたあれである。

「そうとう眉つばもんだと思うけどね。ただ蔡嬪様の美しさを見て、信じちまう奴もいたみたいだよ」

「へえ、でも昔から、女性の美への執念《しゅうねん》ってすごいものがあるって言いますしねー」

後宮にいるような女性であれば、なおさらかもしれない。

そううなずいたところで、螢那ははっと思い出した。杏梨といえば――。

「最悪ですー。そういえば今日中に、杏梨さんの遺体についてまとめた調書を侑彗殿に返さなければならないんでした！」

侑彗が手に入れてくれたその調書には、驚いたことに杏梨の遺体の倒れていた向きや、出血状況、四肢や臓器が損壊していると思われる箇所から、彼女が露台から飛び降りたさいについたと思われる手すりの傷、片方脱げていた靴の落ちていた場所、落ちた高さの推測まで、遺体が見つかったときの状況が的確にまとめられていた。

それのおかげで螢那は、杏梨が転落死で間違いないこと、ほかの場所で亡くなったあとに運ばれてきたわけではないことなどが確認できたわけで、たいへんありがたい調書だったのだが、それは作成者に無断で持ち出したものだったらしい。

「しぶる掖庭令に無理を言って出させたって、さんざん恩を売られたんで、返さないわけにいかないですしー。ああ面倒くさい……」

昼間に喬詠と会ったときに、彼のほうから言ってくれればよかったのに。そうぼやきながら、螢那は碗に残っているスープをかきこんだのだった。

第十二章　すべて幻覚のせいです！

『ねえ、藍依《らんい》。呪いの御子っていうのは僕のことなんだよね？』

屋敷の庭を散歩しながら侑彗は、彼の手をひく乳母に訊ねた。

『そのようなことはありません』

乳母は微笑みを崩すことなくそう答えた。

『でも、ははは上がそう言ってたんだ。それで僕のことを、「妾《わたくし》の子じゃない！」ってすごく怖い顔して怒ってた』

『……気になさる必要はありません。王妃様は心を病んでしまわれているだけですから』

『でも、心を病んだのは僕のせいなんだろう？』

乳母が眉尻を下げるだけで答えてくれなかったのは、きっとそのとおりだからだろう。

はかなく美しい女性《はは》が自分のために苦しんでいる。それはとてもつらいことだったけど、侑彗にだってわかっているのだ。

呪いがなくなることなんてないと。

だって、いつもやさしいこの乳母でさえ、心の底ではそう思っているのだから——。

「お休みですか、侑彗様」

ふとかけられた声に、侑彗は目を開いた。どうやら少しうたた寝をしてしまっていたらしい。

「夢を見たよ。ずいぶんむかしのね」

あれは、まだ乳母が生きていたころのこと。匿《かくま》われていた惇弘親王の屋敷で、親王とその妃を実の父母と思って育っていたときの記憶だ。

義母である王妃にとって侑彗は、禍をもたらすとされた「呪いの御子」であるだけではなかった。

侑彗が皇城から出されて死んだはずの「呪いの御子」だと知れたら、皇帝を偽ったとして親王家は叛逆《はんぎゃく》を疑われ、一族郎党斬首になってもおかしくない。きっと彼女には、呪い以前に、侑彗の存在は疫病神そのものだったのだろう。

しかしそれは、侑彗を守り育てた乳母にとっても同じこと。

誰よりも忠義心の強い女だったからこそ、彼女は我が子を失う原因となった侑彗に対し、つねに相反する感情の狭間で揺れていた。

微笑みながら侑彗を見つめるその瞳の奥には、いつだって消えることのない憤りの炎が密かに燃えつづけていたのだ。

『母が父を恨むことなく亡くなったなら、僕に彼を恨む理由なんてないのかもと思った』

そう螢那に言ったのは嘘ではない。

恨むべきは父ではなく、おのれが持って生まれた運命そのものだからだ。

そして――。

「――螢那は、そろそろかな？」

ふいに冷たい澱のようにどろりとした淵に沈みそうになり、侑彗は気をまぎらわすために窓の外へと視線を向けた。

「小娘が、どうかしたのですか？」

「いや、今夜は彼女のほうから僕に会いにきてくれるはずなんだ」

螢那を後宮に連れてきたのは、もともとは皇后に奪われるのがたんに癪だったからだ。そして高祖の予言が嘘っぱちであろうとなかろうと、巫女としての知識が役に立つと考えただけのこと。女官でもいいが、いっそ妃にしてそばに置いておけば、逃げられないと。

だけど、こんな自分の存在ごと真っ黒く塗りつぶしてしまいたくなる日には、無性に彼女に会いたかった。

そしていつものように揺るぎない声で言ってほしい。「呪いなんてない」と——。

「……小娘が？　この時間からですか？」

「うん。例の麗仁殿の侍女が亡くなったときの調書を螢那に渡していたのは知っているだろう？　返却日を今日にしておいて正解だったよ。彼女のことだから、きっと遅くなっても直接返しに来るだろう？」

「でしたら、俺がいまから取りにいって——」

「駄目だよ。それじゃあ僕が会えない。それにいつものように後宮で会うのもいいけれど、たまには夜に東宮《とうぐう》で会うのも刺激的だと思わないか？」

「……小娘め」

面白くなさそうなつぶやきとともに舌打ちが聞こえた気がしたけれど、侑彗はかまわなかった。

「ねえ、喬詠。螢那から、恨みや憎しみといった感情を感じないのはなぜなんだろうね」

巫女であった螢那の母は、都に疫病が流行ったときに、彼女が疫病を招き入れたと思いこんだ民衆によって惨殺されたという。

螢那は閉じこめられた厨子のなかで、母親が襲われ死んでいく音をずっと聞かされていたらしい。

しかしそれでも彼女は、母親を殴り殺した人々に対しても、自分を見捨てたという父親に対しても、いつも淡々としていて、どす黒い感情を覗かせることがない。

そんなことが、どうして可能なのだろう。

「ニブいからに決まっているではありませんか、何事にも」

「はは、おまえはあいかわらずだね」

まあたしかに螢那のいつも調子はずれな言動に触れているうちに、知らぬ間に心が凪いでいるのも事実だと思いながら、はやく彼女に会いたいと、侑彗はそわそわと部屋のなかを歩きまわる。

「そろそろかな。いや、いっそのこと迎えにいったほうがいいかもしれないな。うんそうだ」

それでまだこちらに向かっていないのならば、そのまま彼女の部屋まで乗りこんでしまえばいい。

妙案だとばかりに侑彗は私室を出た。そして東宮から内城へと続く城門へと向かおうとしたときだった。

「お待ちください！」

宮殿を出ようとする侑彗の前に兵がざっと立ちはだかった。

「何事だい？」

「不審者です。危険ですので、この場におとどまりください！」

「不審者だって？」

兵の肩ごしに松明《たいまつ》に照らされた城門前の広場に目をこらすと、たしかに人影らしきものがふらふらと歩きまわっているのが見える。

「待て！　ここが東宮と知っての狼藉《ろうぜき》か!!」

見張りの者が鋭い声で命じるが、酔っているのか、反応する気配がなかった。しかしその影が急に走りだし、叫び声を上げる。

「な、なんだ!?」

東宮を守る兵たちは騒然となった。

「刺客か!?」

「止まれ！　でなければ射るぞ！」

制止しても動きを止めない影に、とうとう兵のひとりが弓を引き絞る。狙いを定め、矢を射かけようとする。その瞬間、侑彗は鋭く制止した。

「待て!!」

そして侑彗は、「危険です」と騒ぐ兵たちを押しのけ、その影に駆け寄った。

「螢那！」

叫声を上げて走りまわっているのは、やはり螢那だった。その腕をつかみ、こちらに向かせるが、完全に正気を失っているようだ。

「うう—！　ああああ!!」

「螢那？　どうしたんだい」

しかし彼女は、侑彗を振り払ったかと思うと、またもや突然走りだしてしまう。城壁へと激突しそうになる螢那の腕を、侑彗はとっさにつかんで引き寄せた。それでも彼女は暴れて、どうにも手がつけられない。

どうしたらいいのか。そう思ったとき、ふいに螢那が自分の腕に噛みついた。

「螢那！」

血がにじむほど強く噛んでいる。侑彗はやめさせようとしたが、彼女は口を離そうとしない。

「侑彗……殿？」

やがてうっすらと目が開き、螢那の目に光が戻った気がした。

「螢那？　いったいどうしたんだ？」

「幻……覚、です。夕食に、たぶんなにか入って——」

「なにかって……、毒ってことかい？　解毒は？」

「ない、です……。自然に、抜けるのを待つしか──ああ、また……」

「螢那！　螢那……！」

螢那の声は掻き消え、次第に意味をなさない唸《うな》り声《ごえ》に変わっていく。それとともに彼女はまた激しく暴れだした。

「喬詠！」

駄目だ。いまにも走りだしてしまいそうになる螢那を押さえつけ、侑彗は呆然としている乳兄弟の名を呼んだ。

「……はっ」

「僕の部屋……いや、空いている部屋をひとつ開けてくれ。できるだけなにもない部屋がいい！　危険なものがあったら取り除いてくれ。刃物はもちろん、突起があったり、角があるもの、割れる陶磁器なんかもだ」

「はっ──」

「急いでくれ！」

喬詠は侑彗の声に我に返った様子で、矢のように宮殿のなかに駆けていく。それを追って侑彗も、抵抗する螢那を抱えるようにして殿内に戻った。

「こちらです！」

喬詠が用意した部屋に入ろうとしたとき、螢那が侑彗の腕に噛みついていた。

「侑彗様!!」

「っ、いいからおまえは外に出ているんだ」

「ですが……、おい小娘、目を覚ませ――!」

「はやく!」

「侑彗様!」

侑彗は螢那を室内に押しこむと、問答無用で喬詠も締め出したのだった。

＊

死霊、死霊、死霊――。

周囲を埋めつくすほどの死霊に囲まれ、螢那は半狂乱で逃げまわった。

必死になって走るが、それでも死霊は追ってくる。

炎にまかれ肌が焼けただれた死霊、絞殺されて首が曲がった死霊、土砂崩れに巻きこまれて手足がひしゃげた死霊――。

逃げても逃げても迫りくる死霊たちに、螢那はとうとう捕まってしまう。腕をつかまれ、髪を引っ張られ、足から引きずり倒される。

つかんでくる手はどれも冷たいのに、ぽたぽたと頬に垂れてくる血は生ぬるくてぞっとする。

「嫌です――! 放してください――!」

我も我もと腕を伸ばす死霊の手が身体を這い、螢那はもみくちゃにされながら叫びつづけるしかない。

「あ――」

やがて、気がつくと死霊はすべて消え失《う》せていた。

さきほどまでの死霊たちの叫びが嘘のように、あたりは静まりかえっている。起きあがると少し離れたところがわずかに明るくなっていた。それに向かって歩きだそうとしたところで――。

『螢那――』

振り返ると、ぐらぐらと揺れながら歩いてくる死霊が彼女の名を呼んでいた。

女だった。

体中が血まみれで、目元は腫《は》れ、鼻はつぶれ、もはや原形をとどめていないほど顔が歪んでいる。

もはや若いのか、老いているのかさえわからない。

それでも螢那がその人を間違うはずがない。

「母、様──」

『螢那……なぜ助けてくれなかったの？』

訊ねられても、胸がつかえてうまく声が出せない。まるで、冷たい石が喉の奥につまってしまったようだ。

『ねえ、あなたが声を出せば、私は助かったかもしれないのに』

「わ、私は──」

『ねえ、どうして？　あなたはあんなに近くにいたじゃない』

答えることができないうちに、母の氷のような手が螢那の喉にからみついてくる。細い指にぐっと力が込められても、逃げることさえできずに螢那はあえいだ。

『ねえ、どうして？　ねえ、ねえ！』

螢那は耳を塞いだ。しかし母の声は脳裏に直接響くように、いつまでも螢那を苛《さいな》む。

『あなたが許せないわ、螢那』

「母様──」

わかっている。母様はこんなことは言わない。

だって母は、鬼《死者》に通じる巫女として、未練を残さないようにいつも気にかけていた。

ああ、だけどやはり最期には、そんな母も助けを呼ばない螢那に恨みを抱いて死んでいったのだろうか。

「ご、ごめんなさ――」

そう口にしかけた螢那の頬に、母の眼球がぼとりと落ちた。

『許せない、許せない、許せない――』

怨嗟の声をもらしながら、母の身体が朽ちはじめる。どろりと融けだした血肉が、腐臭を放ちながらぼたぼたと螢那の上に降ってきた。

「やめてください――!」

ぽっかりと空いた眼窩《がんか》になおも見つめられながら、螢那は正気を保つために必死で自分の腕に噛みついた。

痛みだけが螢那を正気へと引き戻してくれる。

それがわかっているから、何度も何度も噛みつづけるしかなかった――。


「あれ……?」

ふと目が覚めると、目の前に侑彗の顔があった。

嘘のように長い睫毛《まつげ》は伏せられていて、いつも軽口ばかり叩く唇もいまは閉じられている。

「侑彗殿?」

名を呼ぶ。彼もうとうとしていたのか、ゆっくりと開いた目だけで、気だるげな視線を向けてくる。

「よかった、正気に戻ったんだね」

侑彗は螢那をじっと見つめ、心なしか疲れた顔で言った。

なにかあったのだろうか。よく見れば、彼にしては髪も襟元も乱れ、全体的にくたびれた感じがする。

「へ？」

しかし侑彗の頭から順に視線をたどっていた螢那の目が、自分の格好をとらえた瞬間、彼女は目を剝《む》いた。

「ひっぎゃあああ！」

悪夢を見ていたときと同じ悲鳴を上げ、螢那は侑彗の上から飛びのいた。

「な、な、な――なんで侑彗殿が私の下に⁉」

ありえない、と螢那は思った。自分が、侑彗を下敷きにして寝ていたなんて。

あわただしく視線を向け、螢那はなにが起きているのか確認しようとする。

知らない部屋、窓から差しこむ朝と思しき陽光、乱れた寝台、くたびれた感じの侑彗――。

そこまで視線をさまよわせたあと、ぱらりとした感触に思わず胸元を見て――。

「ひいいいい！」

なぜ自分は、半裸の下着姿なのだ。

パニックになって螢那が落ちかけた下着をおさえると、侑彗は安堵《あんど》したかのような深い息を吐きだした。

「それだけ叫べるなら大丈夫みたいだね」

「こっ、これはどういうことですか？　いったい……」

「君が自分で脱いだんだよ」

「ありえません!!」

「いや本当に。ずっと暑いって言っててさ」

侑彗が、あくびをこぼしながら答える。

「せ、説明してください。なにがどうなってこうなっているのか……」

「覚えてないの？　夕食になにか入ってたって自分で言ってたけど」

侑彗は疲れきった声をもらして起きあがると、近くに転がっていた服を取って螢那にかけた。

「なにか……？」

そういえば、なんだかものすごい悪夢を見ていた気がする。

「そうです。食堂で夕飯を食べて……それから私はどうしたんでしたっけ？」

記憶が曖昧《あいまい》で、よく思い出せない。

「幻覚だって言ってたけど」

「幻覚……」

「君は東宮の前で、正気を失った状態で走りまわってて、矢を射かけられそうになってたんだよ。射貫《いぬ》かれぬ前に気づいてよかった」

「えええ!?」

螢那は青くなった。

皇城――しかも後宮や東宮で、幻覚によって走りまわったまま、貴人のいるところに突っこめば、手討ちにされてもおかしくない。それこそ以前、御花園で串刺しにされそうになったときのように。

ぞっとしたあとで、螢那はさらに「はっ!!」と目を見開いた。ちらりと覗いた侑彗の首筋に、くっきり歯形がついているのが見えたからだ。

「まさか、それ……」

指をさす手が震える。いやまさか。嘘であってほしい。

「ああ」

しかし侑彗は螢那の視線の先を追って首に触れると、悩ましげに息をついた。

「昨夜《ゆうべ》の君はなかなか熱烈だったよ」

「誰か嘘だと言ってくださいー!!」

＊

結局螢那は、一度目覚めたあとも寝たり起きたりを繰り返し、意識が完全にはっきりしたと感じられたのはそれから数日経ってからだった。

途中何度か意識はあったらしいのだが、そのときの記憶もところどころ飛んでいて、思い出してみても夢か現《うつつ》かわからないことばかりだ。

いわゆる逆行性の健忘症状というものなのだろう。しかし一度目覚めたあと、暴動のあとのように荒れた部屋を換えようと侑彗の後について扉を出たとき、喬詠がげっそりとした顔で振り返ったのは覚えている。

どうやら彼は、一晩中扉の外にいたらしかった。

『侑彗殿の歯形に気づかれたら、また罵倒《ばとう》されますー!』

と、螢那は小姑に恐々としたのだが、彼は侑彗の襟元をちらりと見たものの、めずらしくなにも言わなかったのが、なんとなく記憶に残っているのだ。

「そろそろ、なにがあったか話せるかい？」

「なにかあったかと訊かれても、正直自分でもよくわからないというか……」

侑彗に問われ、いまだに腹ぐあいが悪い螢那は、寝台に身を起こしたまま靄《もや》のかかったような記憶を探った。

「でもやっぱり、夕飯になにか入れられていたと考えるのが……って、あのスープですよー!!」

瑠宇に頼まれて萌蓮が作ったという薬膳のスープを思い出し、螢那は叫んだ。

そういえば、あれを飲んだとき、美味しかったけれども、少し苦くて不思議な味だと思ったのだ。もしかしたら、萌蓮が作ったものがすり替えられたのか、それともあとからなかになにか入れられたのかもしれない。

「くう！　不覚です！　誰かが瑠宇の名前を騙ったに違いありません！　考えてみれば瑠宇のような守銭奴《しゅせんど》が、お金を包んでまで私のためにスープを頼んでくれるなんてあるはずないですー!!」

瑠宇に対してさんざんなことを言っている自覚のないまま螢那は毒づいた。

「そうですよ。それで食堂を出たあと、侑彗殿に調書を返しに東宮に向かっている途中で、急に気持ちが悪くなって――」

植込みに吐いてしまったことまでは覚えている。しかしそこから先の記憶が、ぷっつりと途絶えてしまっていた。

「つまり、これが『北苑の呪い』ということですかね……」

「どういうことだい？」

「人に幻覚を見せるもの。それがあそこにあるんですよ」

紅いキノコは見つからなかったが、やはりあの北苑には、催幻覚作用のある植物が自生しているのだろう。

そしてたぶん、それが明るみに出ると都合の悪い人がいるのだ。

「つまり『北苑の呪い』とは、人為的に作られた呪いということです。どうやら、私が北苑を探っていたのが、よほど気に喰わなかったのでしょう」

「つまり、北苑を訪れた人が不幸な死に方をするというのは、北苑にあるそれを隠したい人が、見つけてしまった人々を殺してきたってことかい？」

「だと思います。げんに私も、侑彗殿が私に気づかなければ、そのまま射殺《いころ》されていたかもしれないということですから」

幻覚と健忘、いまも残る腹痛に、そして倦怠感《けんたいかん》。正直に言うと、それから少し視界も眩しい気がしている。

このような症状を起こさせる植物に、螢那はいくつか覚えがあった。

「キノコのほうが馴染《なじ》みが深いので、それ以外にも幻覚成分のある植物があることを忘れていました。これはたぶん、むかし婆さまに食べさせられたもののひとつに近い気がします――」

「あいかわらず、おまえはなにを喰わされているんだ……」

「だから私だって、好きで食べたんじゃないですよー。婆さまに無理やり口に突っこまれたんです……」

あきれたように言う喬詠に、祖母のスパルタ教育を思い出せば、螢那の目は自然と遠くなってしまう。

自分で試してみなければ理解できないと、祖母にはいろいろなものを食べさせられ、飲まされてきた。

そう、そしてこの症状は、そのうちのひとつにとても近い。

それを食せば、幻覚に苦しめられ、一晩我を忘れたように走りまわるという、あの野草に――。

「もしそれでしたら、先日北苑に行ったときに見つけることができなかったのもうなずけます。というのも、あれは花が枯れると地上にはなにも残らないので」

一緒に北苑に行った三人のうち、狙われたのは螢那だけだったらしい。

侑彗や喬詠に危害が加えられなかったのは、彼らが東宮でいつも食事に注意しているというだけでなく、いまの季節に地上を探してもなにも見つからず、螢那以外に気づかれる恐れはないと思われたからではないだろうか。

「たぶん、普段から呪いの噂を流すことで、北苑に人が立ち入らないようにする効果もあったんじゃないですかね」

そう話しながら螢那は、麗仁殿で以前目にした山姥のような死霊を思いうかべた。あれはやはり、その植物を食べてしまって狂躁《きょうそう》状態のまま亡くなった桂花という宮女に違いない。

「だとすると……なんとなくわかった気がします」

密室で死んでいた桂花――。

楼閣から飛び降りた杏梨――。

そして変わったように見えた蔡嬪の容貌も――。

「で、どうするんだ？」

「もう一度、北苑に行きます」

螢那はきっぱりと告げた。

「おまえ、さっき探してもなにも見つからないと言わなかったか？」

「地上にはないです。だから探すのは土のなかです」

説明が終わった螢那はため息をつき、ちらりと侑彗を見た。

「ちなみに、幻覚を見ていたらしいときの私は、具体的にはどんなことを……？」

幻覚を見させられると、ただ走りまわるだけでなく、心のままに行動してしまうと聞いたことがある。

恐るおそる訊ねた螢那に侑彗がにやりとする。

「知りたいの？」

「やっぱり知りたくありませんー!!」

意識のない間に、現実でなにをしていたかなんて考えるのは、幻覚よりも恐ろしい。

「穴があったら入りたいですー!!」

第十三章　〝美人の薬〟の正体

風に乗って、琴の音が聞こえる。

宴を行っている昭寧楼から響いているのだろう。そう思いながらふたたび訪れた麗仁殿は、宴に人員が駆りだされているのか、人影がまばらだった。

今日は、皇后宮に勤めている瑠宇はもちろん、皇帝陛下に呼ばれた侑彗も宴に出ていて、螢那はひとりだった。

「誰も呼んでないんだから、下がっていなさいよ。部屋に入らないでって言ったでしょう」

蔡嬪の部屋を訪れると、入ってきたのは侍女だと思ったのだろう、こちらに背中を向けたまま蔡嬪がそっけなく言った。先日のように布団にくるまってはいなかったが、かたくなにこちらを向こうとしない。

「まだなにかあるの!?」

なんと声をかけるか迷っていると、いつまでも下がろうとしない螢那に苛立ったように、蔡嬪が怒鳴りつけてくる。

「どうせ、わたしは不美人よ。あなたたちだって、そんなわたしに仕えるのが嫌なんでしょう？　だったら宿下がりでもなんでもすればいいじゃない。お父様にはわたしから話しておいてあげるって言ったでしょう!?」

　どうやら蔡嬪は侍女たちとなにか悶着があったようだ。そばに誰も控えていないのは、宴のせいだけではないらしい。

「あのー」

　それでも感情が静まらずにぶつぶつ言っている蔡嬪に、螢那は単刀直入に訊ねた。

「仮病を使って、皇太后様の宴に出ないで閉じこもっているのは、もうないからですか？　美人の薬が」

「え？」

　異変を感じて振り返った蔡嬪が、やっと背後に立っていた螢那に気づく。そのとたん彼女は、目を大きく見開いたかと思うと慌てて顔を両手で覆った。

「な、なんであなたがここに!?」

「ああ、いまさら隠さなくてもいいですよ。もうわかってますから」

「わ、わかっているって、なにがよ!?」

「だから、〝美人の薬〟ですよね？」

「な、なっ——」

言葉をつまらせる蔡嬪に、螢那はあのあともう一度北苑に行って採ってきたものを取り出した。

「蔡嬪様も、これのためにたびたび北苑に立ち入っていたんでしょう?」

それは、無数の細い根が生えて節だった植物の根茎だった。北苑のじめじめしたところを掘り、ようやく見つけたものである。

しかし蔡嬪には見覚えがなかったのか、彼女は眉をひそめた。

「なによ、それ? そんなの知らな——」

「ああ、蔡嬪様はこの形ではわからないんですね。この部分が、一番効力が強いんですけど……」

そう言いながら、螢那は納得した。たしかに根のことを知っていれば、いまこうして薬を切らしていないはずだと。

「普段は地中に隠れているこの根っこの部分から、春先に芽が出るんですよ。そしてそれが育つと、やがて紫色の小さな花がつくんです」

そこまで話すと、ようやく蔡嬪の瞳が動揺するように揺れた。

「その芽や花を、蔡嬪様は知ってますよね?」

「わたしは……」

「莨菪《ロート》です。杏梨さんが売っていたらしい美人の薬のもとになるもの、と言えばいいですかね」

「売っていた、ですって……？」

蔡嬪は、顔を手で隠すのも忘れた様子で螢那を見返した。

呆然《ぼうぜん》とした彼女の頬は、白粉を塗っていないためにそばかすが目立ち、黒目がちに見えた目も存在感を失って小さく見える。

はじめて会ったときとはだいぶ面変《おもが》わりしているが、きっとこれが本来の彼女の顔なのだろう。

「そうです。杏梨さんは、後宮の女性たちにそう言って、このロートの汁を絞った目薬を売っていたんです。後宮では、美しくなりたいと望む女性はとくに多いですから、杏梨さんはかなり儲《もう》けていたみたいですよ」

ロートという野草には、瞳孔を開かせる作用がある。そのため点眼すると黒目が大きくなり、その結果、目自体も大きくなったように見せられるのだ。

つまりそれこそが〝美人の薬〟の正体である。

「……だから、採っておいたロートがすぐになくなってしまっていたの……？」

「――杏梨さんがこれを売っていたことは、蔡嬪様もご存じなかったんですね」

螢那はため息をついた。つまり杏梨は、あるじの使っていた美人の薬を、こっそり横流しして金儲けをしていたのだろう。

「な、なにが悪いのよ！」

ロートを使っていたことを螢那に非難されたと思ったのか、蔡嬪は開き直ったようにきっ、とにらみつけてきた。

「たしかにわたしは、あの野草の汁を目に差していたわ。だって、私は目が小さいから美人ではないって、みんなが言うんだもの！　侍女たちだってそうよ！　私が不美人だってわかったら、こうして近づいてもこないじゃない！」

「それは蔡嬪様が、近づくなと言ったからでは――」

さっきも入ってきた螢那を侍女だと思って、部屋に入るなとかなんとか言い放っていたではないか。

「そ、そうかもしれないけど！　だけど、だけど、みんな……、お父様だって……！」

話しているうちにどんどん感情が込みあげてきたのか、蔡嬪が声をつまらせる。

「お父様はわたしが子供のころから、いつも言ってたわ！　叔母様と血がつながってるくせにって！　だから駄目なんだって！」

どうやら蔡嬪は、絶世の美女とまで言われた叔母のようになれない自分に、かなりの劣等感《コンプレックス》があるようだった。

「ええと、べつにいまのあなたも不美人とは思いませんよ？」

「嘘よ！」

「うーん、なかなかにかたくなですね」

やはり人の話を聞かない人だと思いながら、螢那はうなった。

「まあたしかに、蔡嬪様だけのことでしたら、そこまで悪いわけではないんですけど……」

美しくなりたいという、蔡嬪の気持ちがわからないわけではない。

蔡嬪の蠱惑的な瞳が作られたものだったとしても、たしかにそれが化粧をすることとどう違うのかと問われれば、その境界がどこかなんて螢那にもわからない。

だけど——。

「桂花さんと杏梨さんは、これを食べたことで亡くなったんですよ」

「……どういうこと？」

思いがけない話だったのだろう。蔡嬪が息を呑んで螢那を見返した。

「ロートにあるのは、瞳孔を開く作用だけではないんです。ロートにはハシリドコロという別名がありまして、食べた人が悶《もだ》えながら走りまわった末に死んでしまうことから、その名前がついたんです。つまりこの野草には、幻覚を見せる作用もあるんです」

「幻覚……ですって？」

そして螢那は、蔡嬪に言いふくめるように、ゆっくりと告げる。

「そうです。だから北苑の呪いなんてものはないんです。桂花さんが薪小屋で亡くなったのは、ロート——ハシリドコロを誤食した結果の、完全な事故です」

「事故……」

「そうです。聞いたところによると侍女の杏梨さんは、下の宮女の方々にはとても厳しい方だったとか。たとえば桂花さんがなにかそそうすると、食事を抜いたりとか」

「それは……」

思いあたることがあるのだろう。蔡嬪は黙りこんだ。

「思うに桂花さんは、帝国のなかでも東方の出身だったのではないでしょうか？　そのあたりでは春先にフキノトウという山菜の芽を食べる習慣があるんですが、それがロートの新芽とよく似ているんです」

「……たしかに、桂花の故郷は東のほうだったはずだけど……」

「おそらく、その日も食事を抜かれてお腹《なか》を空《す》かせていた桂花さんは、フキノトウと間違えたロートを、こっそり食べてしまったのではないですかね？　杏梨さんに見つからないよう薪小屋に籠って、つっかい棒までして……。そしてロートに中《あた》ってしまって、ひとり死んでしまった——」

もともと蔡嬪は、侍女である杏梨だけでなく彼女に仕える桂花も伴って、三人で北苑に立ち入っていたはずだ。

しかし侍女である杏梨と違って、下働きの桂花には〝美人の薬〟のことは知らされず、彼女はたんに山菜を採っていただけだと思っていたのかもしれない。

「だ、だけど、桂花の遺体が見つかったとき、あの子は服を着てなかったのよ？　事故だっていうなら、それはどう説明するつもり？」

「ロートとかに中ると、中風になったように――つまり風邪のような症状で体温が上昇し、暑く感じたり、息苦しさから逃れようとしたりして、服を脱いでしまうことがよくあるんです。おそらく桂花さんもそうだったと……」

そして螢那も――。

侑彗の前で繰り広げたであろう醜態を想像すると、いまこの瞬間にも叫びたくなる。

その衝動をかろうじて抑え、「ごほん」と咳払《せきばら》いして続ける。

「ロートは、食べるとだいたい四半刻《三十分》から数刻《数時間》くらいで症状が出ます。たぶん薪小屋には、桂花さんが嘔吐《おうと》した痕跡などもあったのではと思いますが、調べた掖庭官はそこまで気にかけなかったんじゃないですかね」

「……それで、死んだとき桂花は裸だったっていうの？」

「だと思います」

あざや傷が多かったのも、走りまわったすえに身体をあちこちにぶつけてしまったからではないだろうか。

螢那の場合はそうならないよう侑彗が気を配ってくれていたようだが、そうでなければ目が覚めたあと、傷だらけになっていたはずだ。

呪いなどではない。

密室殺人でもなければ、自殺でもない。

たんなる誤食による事故である。

桂花については――。

「ですが――杏梨さんは違います」

「え？」

「ロートは多量に食べなければ死ぬことはありませんが、中毒すると狂躁状態になります。そのとき、杏梨さんが高い楼閣の上にいたらどうでしょう？」

螢那の言わんとすることに気づいたのだろう。蔡嬪が目を見開いた。

「まさか、そんな……」

「さきほども言いましたが、ロートを食べると体温が上がるんです。暑いと感じたときに、露台に出られる窓が大きく開いていたらどうですかね？　たいていの場合は、長い階段を下りて建物から出るより、まずは露台に出ようとするのは普通じゃないでしょうか。しかも幻覚によって錯乱した状態で、露台を走りまわれば――」

「……それで、杏梨は昭寧楼から転落したっていうの？」

「私はそう思います」

何者かに突き落とされたわけではない。しかし故意にロートを食べさせ、事故が起こるよう仕向けられたのならば、それは立派な殺人である。

「あなたのほかに、北苑にロートが自生していることを知っている人はいますか？　いえ、あなたに、ロートの汁を差すと目が大きくなると教えた人はどなたですか？」

どなたですか？

敬語を使っていることで、螢那がその人物に見当がついていることは蔡嬪にも伝わったのだろう。

「……言わないわ」

蔡嬪は、きっぱりと螢那の問いに答えるのを拒絶した。

「かばうつもりですか？」

蔡嬪は答えなかった。しかし螢那を上目づかいににらみつけて言う。

「桂花が間違えて食べたのは、不幸な事故なんでしょう？　杏梨だって、殺されたとはかぎらないじゃない。そ、そうよ、杏梨だって事故かも――」

「失明しますよ」

「え……？」

「ロートを長く目に差していると、視野——つまり見える範囲が欠けて、しまいには失明してしまうんです」

「そんな……」

「目が大きくなければならないなんて、べつに決まってないでしょう? ロートの目薬なんて、はやくやめたほうがいいですよ」

「わ、わたしは……」

「誰に聞いたんですか?」

動揺する蔡嬪に、畳みかけるように再度訊ねる。

「それは……」

蔡嬪が口を開こうとしたとき、かたりと物音がして、螢那は扉のほうへ意識を向けた。どうやら本人が、ここに来たらしい。

「やっぱりあなたが、蔡嬪様にロートのことを教えたんですよね?」

螢那の言葉に、扉の陰から現れたのは徳妃だった。

「叔母様……」

＊

蔡嬪が、泣きそうな声をもらして、かたわらにやって来た徳妃を見上げた。姪に歩みよってきた徳妃はその頬をなで、静かな声で認めた。

「たしかに、凜娥にロートの汁の効用を教えてあげたのはわたくしよ」

螢那は、見はからったかのように現れた徳妃を観察した。いまは皇太后を祝う宴の最中のはず。途中で抜けてきたのか、それともはじめから参加していなかったのだろうか。

「この子はずっと、自分の容姿に自信がなかったの。わたくしの兄が、目が小さくて可愛くないなんて、幼いころから言っていたのがいけないのよ。だから教えてあげたの」

「……徳妃様。どうしてこちらにいるんですか？　宴はどうしたんですか？」

「姪が病気で寝こんでいるんですもの。看病のためにわたくしが宴を欠席していることが、そんなにおかしいかしら？　もうすぐ後宮を去るわたくしのことなど、誰も気に留めやしないわ」

「……そうですか」

「だって、娘を亡くしたわたくしにとって、凜娥は本当の娘のような存在なんだもの。この子が望むなら、なんでもしてあげたいと思うくらいに。それこそ徳妃の位だって惜しくはないわ。でも、この子にとっては違う未来のほうがよさそうね」

蔡嬪の望みは、侑彗殿の妃になることだからだろうか。

「べつに、蔡嬪様にロートを教えたことについては、文句を言うつもりはありませんよ。桂花さんが亡くなったのも事故でしょうし」

もちろん危険な野草をむやみに使用するのは褒められるべきことではないが、それだけなら責めるようなことでもない。

「だけど杏梨さんは……、あなたが殺したのでしょう？」

「違うわ」

はっきりと否定した徳妃に、螢那は眉をひそめた。

「しらばっくれるつもりですか？　杏梨さんが亡くなったとき、私を見たと掖庭局に言ったのも、徳妃様ですよね？」

「いいえ、わたくしではないわ」

またもや徳妃は首を横に振った。

「嘘をつかないでくださ――」

「そもそも、どうしてわたくしが、あなたが杏梨を殺したなんて掖庭局に言わなければならないの？」

言いかけた螢那を遮り、逆に徳妃が訊ねてくる。

「それは……北苑にロートが自生していることを、私に気づかれないようにするためですよね？　そんなことが明るみに出たら、徳妃様には不都合なことになるから」

「不都合なこと？　誰でも立ち入れる北苑に危険な野草があったとして、どうしてわたくしが困るのかしら？」

のらりくらりとして螢那の問いに答えない徳妃は、ふわふわとしていてどこかつかみどころがない。螢那は切りこむように告げた。

「二十四年前、あなたが陛下にロートを使い、失明させかけたことが露見しかねないからです」

『急に眩しく感じるようになって――』

茈薇宮で二十四年前のことを話していた皇帝陛下は、そう口にしていた。

蔡嬪が瞳孔を拡張させて目を大きくさせていたのは美容のためだが、そもそも瞳孔が拡大すれば眩しさを感じる。

おそらく皇帝陛下は、ロートの汁が目に入ったことによって急に眩しさを覚え、失明すると思ったのだろう。

「妃の立場で、君主の玉体を損ないかねない行為をするなんて、大罪のはずです」

それが、華妃の生んだ皇子が「呪いの御子」として認識され、はては皇城を追われて亡くなる原因のひとつとなったのならば、なおさらだ。

「でもあなたはそれをやった。すべては……華妃様を陥れるために――」

息を詰めながら螢那は、徳妃の美しい顔をじっと見つめた。証拠があるわけではない。もし徳妃が否定すれば、それまでだと――。

「ふふ。さすがだわ。巫女様。そこまで気がついているなんて」

徳妃は、そう言って笑みを浮かべた。

徳妃が認めたのだ。華妃を陥れたと――。

「じゃあ――」

ほっと胸をなでおろした螢那だったが、しかし徳妃はまたもや首を振る。

「でも、杏梨を殺したのはわたくしではないわ。巫女様のことを掖庭局に告げさせたのも、ね」

「まだとぼける気ですか!?」

ごまかそうとする態度に腹が立ち、螢那は思わず声を張りあげる。しかし徳妃は、笑みを崩すことなく続けた。

「陛下の目のことは、たしかにわたくしよ。二十四年前、間違いなくわたくしは、華妃様を陥れるために陛下にロートを使ったの」

「嘘よ……。叔母様がどうしてそんな……」

蔡嬪が、信じられないとつぶやく。徳妃はその肩を抱いた。

「皇帝陛下にはね、ロートの根を煮だした汁を、洗顔の水に混ぜてお出ししたの。もともと華妃様が出産するだいぶ前から、薬効のある水だと言って、薬草の入った水で洗っていただいていたから、陛下はまったく疑問に思われなかったみたい」

ロートは、それに触った手で目をこするだけで瞳孔が開くくらい、強い作用がある。皇帝陛下が洗顔後に眩しさを感じ、それだけで目が見えなくなると不安に思っても無理はない。

「……嫉妬、ですか？」

なぜ徳妃は、ここまであっさりと認めるのだろう。拍子抜けする以上に不審に思いながら螢那は訊ねた。

「……嫉妬？」

「みずからは皇女様を亡くされたのに、御子を身籠っている華妃様が幸せそうで、それが許せなかった。そういうことですか？」

徳妃の生んだ皇女は、産声を上げる間もなく死んでしまったという。だから徳妃は、あらたに御子にめぐまれた華妃が許せず、皇帝陛下に華妃が生んだ子が呪いの御子であると思いこませたのだろうか。

「ふふ、嫉妬。そうね、そうかもしれないわね」

「じゃあ――」

「でもね、それだけじゃないの。華妃様に世継ぎを生んでもらってはやっぱり困ったからよ」

「皇女様が亡くなったこととは関係なく、いずれ皇子を生んで、国母になりたかったとでもいうのですか？」

しかしそのときにはすでに、皇后様も出産間近だったはず。もし無事に生まれて皇子であれば、もしまた身籠れたとしても、徳妃の子が皇位に就く可能性は低い――。分の悪い賭けだとまで考えたところで、螢那の思考が止まった。

「まさか――」

そうだ。やはり華妃の生んだ皇子が「呪いの御子」であると皇帝陛下に思わせて、一番利益を得るのはあの人なのである。

「言ったでしょう？　わたくしは杏梨を殺してなどいないと。だって、北苑にロートなんて毒草があることが知られて困るのは、わたくしではないもの」

そして徳妃は扉に向かって歩きだした。

「杏梨を殺したのが誰か知りたいのなら、一緒にいらっしゃいな」

第十四章　すべての元凶

やはり、皇后様なのか。

二十四年前、華妃を陥れるため、徳妃に命じて皇帝陛下にロートを使ったのは――。

螢那が頭に手をやると、そこには皇后からもらった銀の簪《かんざし》の冷たい感触がある。

（悪い方ではないはずなのに……）

しかし皇后がすべての黒幕だと考えれば、やはり辻褄は合うのだ。

ならば今回も、以前螢那が「華妃娘娘の呪いの謎を解こうとした」と口にしたとたん斬首されそうになったときと同じなのだろうか。

螢那が二十四年前の秘密に近づきそうになったから、皇后は掖庭局に拷問の許可を与えた。たとえ冤罪《えんざい》であっても、拷問で螢那が罪を認めれば堂々と斬首できるし、たとえ認めなくても死ぬまで拷問を続けさせればいいだけから――。

（仲良くなれたと思ったのは、やっぱり私だけだったんですかね……）

「ねえ、どうして巫女様は、スープに入れられていたのがロートだってわかったの？」

螢那が落ちこんでいると、徳妃が親しげに話しかけてきた。

「食べたことがあるからですよ。祖母が……薬草を知るには自分で使ってみるのが一番だと、無理やり口に突っこんできまして……」

「まあ、ずいぶん厳しいおばあ様だったのね」

「ええと、笑い話ではないのですが」

巫女様と呼ぶのはやめてほしい。そう思いながら言うと、なにが楽しいのか徳妃はころころと笑った。

「それで、巫女様はどんな幻覚を見たの？」

「……死霊に囲まれる幻覚ですよ。叫んでもやめてもらえなくて、もみくちゃにされて……。冷たい手が身体中に這ってくるんです」

「巫女様は、巫女なのに死霊が怖いのね」

「怖いですよ。当然じゃないですか！」

ぞっとして震えている螢那に、徳妃がまたもや笑う。

「うれしいわ。実は御花園でお会いしてから、巫女様とはずっとこうしてお話ししてみたかったの。それに凜娥のことを謝りたくて……。巫女様にいろいろ失礼なことを言ったのでしょう？　兄上——あの子の父親がいろいろ言うから、容姿についての劣等感が強くて、余裕がないのよ……。根は悪い子でないから、許してやってくださいな」

「べつに怒っていませんよ」

前にも思ったが、あの程度のマウントなら可愛いものだ。

「凜娥は、近いうちに後宮を下がらせようと思っているの。凜娥の父親がなにか言ってきたとしても、わたくしが黙らせるつもり。だからあの子が無事後宮を出られるよう、巫女様も協力してくださる？」

「それは、まあ。私でできることでしたら」

蔡家のことに口出しができるはずもないので、螢那は適当にうなずいておく。

なのに徳妃は、「ふふ、約束よ」などとうれしそうに言う。

「約束を破ったら、わたくし死霊となって出てくるかもしれなくてよ？」

「……冗談でもやめてください」

答えながら螢那は、どうにも気分が落ち着かない。

なんなのだろうか、この場違いな会話は。まるで長年の友人と茶飲み話をしているかのようだと。

「ロートのことも、巫女様とお話しできていたら、もっとはやく凜娥にやめさせることができたかもしれないのに……。失明する危険があるなんて、ちっとも知らなかったわ。はじめはとくべつなときにだけ使う約束で教えたはずなのに、あの子ったらどんどん依存してしまって……」

いつの間にか勝手に北苑に立ち入るようになっていたのだと、徳妃はその瞳に後悔をにじませた。

「きっと、今日巫女様が来てくれたのは、なにかのめぐりあわせなのかもしれないわね」

「めぐりあわせ、ですか？」

徳妃の脈絡のない言葉に、螢那は瞳を瞬かせた。

「だって、『琰王朝にかけられた呪いを解き、世継ぎ問題を解決できるのは巫女のみ』なのでしょう？　それに乗せられてみるのも悪くないのかもしれないわ」

「乗せられてみる？　ええと、どういう意味でしょう？　って、あれ、そういえば昭寧楼はこっちではないんですか？」

そんな嘘っぱちな予言を信じられても。

内心そう思ってげんなりした螢那は、道を曲がった徳妃に首をかしげた。皇后はいま、昭寧楼で宴の真っ最中のはずなのにと。

しかし徳妃は、答えずに歩きつづける。

「わたくしね、いまになってもずっと考えてしまうのよ……。わたくしが間違っていたのかしらって……」

「はい？」

徳妃はどういうつもりなのだろう。さきほどから話があちこちに飛んで、螢那はついていくのがやっとだった。

「ねえ、巫女様は聞いたことがあるかしら？　わたくしたち蔡家が、絹を扱う商家だということを」

「はあ、一応……」

「わたくしが子供のころは、絹を扱っているといっても、蔡家はそれほど裕福な家でもなかったの。でも、皇后様の父君である姜《きょう》太師に贔屓《ひいき》にしていただくようになってから、あれよあれよといううちに栄えるようになってね。だから、わたくしの後宮入りも、父ではなくて太師がお決めになったことなのよ」

「そうなんですか」

「陛下が東宮に立たれると決まったとき、皇后様はまだ年若くて、当時東宮だった陛下のもとへ正妃として嫁がれるには、はやすぎたからよ。だから皇后様が後宮に上がるまでのつなぎとして、わたくしに白羽の矢が立ったの」

姜太師にとっては、娘を皇后に立てることが、陛下を皇位に就ける条件だったのだろう。どうやら徳妃は、その野心を果たす一端として、後宮に入れられたということらしい。

「そしてわたくしは、妃ではなく、一段下の嬪として陛下にお仕えすることになったの。だから思ったのよ。そんなわたくしが、身籠ってしまったのが間違いだったのかもしれないって」

「間違いだなんて……」

「だから姫が死んでしまったとき、悲しくてならなかったけれど、運命なら仕方がないと思ったの。受け入れなければって」

「だったら、どうして華妃様を陥れようだなんて……」

「ふふ。巫女様は、なかなかにせっかちさんね」

おだやかに笑う徳妃は、雲のようで、やはりどこかつかみどころがない。

しかし、ようやく螢那にも徳妃が向かっているところがわかってきた。

この先に、宴に出ているはずの皇后はいないのだ。いるのは――。

「あんな形で――」

「はい？」

「凜娥が常用するようになっていても、あんな形で桂花が死ななければ、あの方に気づかれることもなかったでしょうに……」

あの方――。

この皇后宮の奥に住まうその人のことを、徳妃は目上の存在のようにそう呼んだ。

「ところで巫女様。今日になるまで麗仁殿に来なかったのは、やっぱり太子様のため?」

螢那がごくりと喉を鳴らしたところで、扉に手をかけた徳妃が、またもや唐突に訊ねてくる。

「それは……まあ、そうです」

もし二十四年前、徳妃がロートを使ったことで皇帝陛下が彼を呪いの御子だと信じたのだと知ったら、きっとおだやかではいられまい。だから彼がいないこの日を狙って蔡嬪に話を聞き、確証を得たかったのは事実である。

「ふふ、巫女様はやっぱり太子様思いなのね」

「べつにそういうわけではありませんが……」

歯切れが悪いと思ったのだろうか。笑いながら徳妃は、今度こそその扉を開けたのだった――。

＊

「そなた……!?」

突然やってきたふたりを――というよりもその取りあわせを、皇后の乳母婉環は信じられないものを見たかのように凝視した。

そして一瞬の間のあと、徳妃に向かって鋭く質す。

「景玲《けいれい》よ、これはどういうつもりだ？」

皇帝陛下の四夫人のひとりだというのに、乳母は徳妃の名前を呼び捨てにする。

しかしいつものことなのだろう。徳妃自身はそれを気にする様子もなくおだやかに答えた。

「この女官が、杏梨を殺した犯人を知りたがっていたので、お連れしたのですわ」

「……やっぱり、乳母様が杏梨さんを殺したんですね」

衝撃に彩られた乳母の顔を見て、螢那は腑に落ちる。つまりはすべて、「お嬢様のために」――ということだったのかと。

「そうよ。二十四年前、陛下にロートを使うよう、わたくしに命じたのもね」

徳妃が告白するように、この乳母にとって華妃とその子の存在は、皇后の生む子を陛下の世継ぎとするためにどうしても邪魔だったのだろう。

そして皇后の一族に実家を引き立ててもらっていた徳妃も、乳母の命に逆らえなかったということだ。

「馬鹿馬鹿しい！　なにを言っているかわからぬわ！」

「まさかこの期《ご》に及んでとぼける気ですか？」

「二十年以上も前のことに、なにか証拠でもあるのか!?　その杏梨とかいう侍女のことも知らぬわ。我が恐れることなどなにもない！」

ふんと鼻を鳴らした乳母に、螢那はうぐと言葉を詰まらせた。たしかにあるのは螢那の推測と徳妃の証言だけで、証拠などどこにもないからだ。

しかし螢那の隣で、徳妃がほがらかな笑声を上げた。まるでお茶会で談笑しているかのように。

「そうですわよね。掖庭局や陛下からの審理なんて、乳母様が恐れるわけはありませんわよね。乳母様がなによりも恐れているのは……」

「景玲！」

乳母が鋭い声で徳妃を制した。

「いずれにしても、私が杏梨さんを落として殺したと掖庭局に告げ口したのも、乳母様ということですよね？」

そういえば掖庭局に捕らえられたのは、乳母の怒りを買った翌日のことだ。

たしかに『おまえは陛下の妃にはふさわしくない』とは言われたが、乳母にとってそれほどに螢那が邪魔だったのか。

「そうよ。乳母様は、巫女様のことをとくに警戒していたわ。皇后様が陛下のお妃にと望んでいる女官――。それだけで、乳母様にとっては邪魔な存在なのに、いつロートのことに気づいてしまうかわからないんだもの。しかも巫女様、あの夜陛下のお召しを受けたでしょう？」

「ああ……」

そういうことではないのだが、それが引き金だったのか。怒りに震えた乳母からしたら、掖庭局が螢那を始末してくれれば重畳《ちょうじょう》だとでも思ったのだろう。

「それが失敗して、しかも私が北苑に入りだしたので、焦ってロート入りのスープを飲ませたわけですか……」

「ええ。巫女様が正気を失った頃合いを見て矢を射かけるよう宦官兵まで配置していたのに、巫女様に東宮に行かれてしまって、乳母様ったら肩透かしをくってしまわれたみたいよ」

「……笑いごとではないです」

なんて恐ろしいのだ。つまり、あのとき侑彗の無茶な仕込みのせいで東宮に行かなければ、その時点で螢那はドスっとやられてしまっていたということだ。

「二十四年前のことを隠すために、そこまでしますか……」

「それだけじゃないわよ」

「え？」

「二十四年前に、陛下に対して使わせただけじゃないの。乳母様はずっと、ロートをいろいろなところに使ってきたの。そう、いろいろなところに、ね？」

徳妃の含みのある言い方に、螢那はぞっとした。

つまり乳母はずっと、お嬢様たる皇后にとって邪魔になる人々を、ロートを利用して排除してきたということか。

「でも、たとえ何人死んだって、乳母様はわずかな痛痒《つうよう》さえ感じないのでしょうね。……あのことを除いては」

「あのこと……ですか？」

「景玲よ……、なぜいまになっておまえ……我を裏切るつもりか？」

それまで絶句した様子で徳妃の話を聞いていた乳母は、ようやくそう口を開いた。

これまでロートの秘密を知っている存在をほかに許さなかったのに、徳妃だけは生かしてきたのは、彼女が乳母に忠実で、けっして裏切らないと思っていたからだろう。その徳妃が螢那にすべてを打ち明けていることに、彼女はそうとうのショックを受けているようだ。

「あなたが、凜娥のことまで殺そうとするからですわ」

徳妃の糾弾に、螢那は目を見開いて乳母を見てしまう。乳母は視線をそらして言った。

「……なんのことだ？」

「杏梨を殺して、凜娥を見逃してくださるようなあなたではないでしょう？　でも無駄ですわ。凜娥には、運ばれてくる食事にはいっさい手をつけさせないようにしています。水も、すべてわたくしが確認したもの以外は飲まないように。病ということにしたのも、万が一にロートを口にしてしまっても外に出さないようにするためですから」

つまり蔡嬪が最近部屋に閉じこもっているのは、美人の薬がなくなったからではなく、徳妃の命だったということか。もしロートを盛られても、侑彗が螢那にしたように、怪我《けが》をしないよう危険なものを遠ざけて、幻覚を落ち着かせればよいと。

「後宮ではね、毒で直接殺さなくとも、気が触れて走りまわっている様子を人に見せられればそれだけでいいのよ。妃嬪ならとくに、そんなこと表沙汰にできないもの。冷宮に軟禁なんてことになれば、その後はどうとでもできるでしょう？　乳母様の常套手段だわ」

「恐ろしすぎます……」

皇后のためならば手段を選ばない乳母に、螢那はぞっとした。

「そなた、いったいどうするつもりなのだ？」

「どういうつもり？　もちろん皇后様にすべて申し上げるのですわ」

うめくような声をもらしていた乳母の顔色が、その瞬間変わった。

「ねえ、乳母様。何年経《た》ってもあなたのなかでは、誰かがあのことに気づきやしないか、怖くて怖くてならないのでしょう？　いいえ、違うわね。あのことに皇后様が気づきやしないかを、あなたはなによりも恐れているのよ」

そして徳妃は、これまで見たこともない美しい微笑みを浮かべた。

「……もっとはやく、こうするべきだったわ」

「……なんだと？」

「待て！」

乳母の制止は、踵を返して歩きだした徳妃には届かなかった。

「出会え!!」

乳母は叫ぶが、宴のため、皇后宮にも最低限の侍女しかいない。寝ていると思われている乳母の声は届かず、すぐに駆けつけてくる者はいなかった。

あのこととはなんだろう。

それに思考を引っ張られていた螢那は、徳妃に取り残され立ちつくす。そして気がつくと、がしりと乳母に肩をつかまれていた。

「痛っ！」

「景玲を追うのだ！　我を負《お》ぶっていけ！」

「ええ!?」

聞き間違いだろうかと、螢那は啞然とした。

「いやいやいや！　乳母様、私を殺そうとしていたんですよね？　どうして私が乳母様を……」

そうだ。はやく掖庭官を呼んで、杏梨さん殺害の犯人として乳母様を捕らえてもらわなければ――。

そう思ったのに――。

「いいから負ぶうのじゃ！」

「はいぃ!!」

むかしから老婆に逆らえない螢那は、気迫に押されるように背中を差し出してしまったのだった。

第十五章　執念と執念がぶつかるとき

いったい自分はなにをしているのだろう——。

そう思いながら螢那は、背中の乳母に向かって訊ねた。

「あのー、徳妃様が言っていたのは、みんな事実なんですよね？　杏梨さんを殺しただけでなく、私のことも——」

「なにが悪い！　お嬢様を守ることこそ我の使命だ！」

「いや、だから——」

駄目だ、と螢那は思った。なにを言っても、凝り固まった彼女の思想には、ヒビを入れることさえできない。

でも、そうだとするなら——。

「——だったらどうして私に背負わせるんですかー!!」

よくそれで、螢那の背中に乗る気になるものだ。しかも背負わせたまま走らせるなんて。

「なにが悪い？」

悪いというか――。

「……図々しすぎませんか？」

そこまで開き直られると怒る気にもならない。

「お嬢様が皇帝陛下の御子をお生み申し上げ、国母になることこそが我が望み！　それ以外のことなど、どうでもよいわ」

「もしかして、乳母様が病気になっても薬を飲まないのって……」

「そうよ！　お嬢様が陛下の御子を出産されるまで、薬を飲むまいと決めたのだ！」

「それって、願というよりはもう執念――」

四十歳を過ぎた皇后には、ものすごい圧力《プレッシャー》だったのではないだろうか。皇后自身が皇帝の血さえひいていれば世継ぎとして受け入れようと納得したあとも、乳母のほうは承服できなかったなんて。

世の中には、どんな言葉を交わしても理解しあうことができない人というのがいる――。

螢那はそんな脱力感に襲われ、もうあとは無言で背負いつづけた。

「あそこだ！」

やがて徳妃の姿を見つけたらしい乳母が、城壁の上を指さした。

「なにをしておる！　さっさと上るのだ！」

「ええと、さすがに乳母様を負ぶったままで階段はキツいのですが……」

「黙らっしゃい！」

ああもう、本当になにを言っても無駄である。

覚悟を決めた螢那は、ヒイヒイ言いながら城壁の階段を上るしかない。

頂面《ちょうめん》まで上って視界が高くなると、皇城の建物を彩る瑠璃瓦が延々と続くのが見渡せた。そして奥には、視界を隔てるものもなく悠然と建つ楼閣がある。

顔まではわからないが、二階部分の露台で人々が動き、宴をしているのがここからもわかった。

「あら、巫女様も来たの？　ああ言えば、乳母様はひとりで追いかけてくると思ったのに」

ゼエハアと肩で息をしながら乳母を下ろすと、転落防止の柵になっている壁面に寄りかかっていた徳妃が螢那たちに気づいて振り返った。

「背負えって言われたものですから……」

「お人よしね。これ以上巻きこむのは申し訳ないと思って、あえて連れてこなかったのに」

これ以上？　どういうことだろう。

「そもそも乳母様、まだ歩こうと思えば歩けるわよ。時間はかかるかもしれないけれど。わたくしが皇后様に話すって言ったから、急がなければと慌ててしまったのね」

そうなのだろうか。

徳妃に言われてちらりと乳母を見ると、壁に手をついているものの、たしかにひとりで立っている。

「いくら背負われたほうがはやく行けるからって、自分が殺そうとした人に運ばせるなんて、乳母様ったらあいかわらずだわ」

「……あの、ここで、なにをしているんですか？」

『もちろん皇后様にすべて申し上げるのですわ』

そう言って部屋を出たはずなのに。皇后のいるはずの昭寧楼に行かずに、こんなところで景色を眺めているなんて。

まるで乳母が追いかけてくるのを待っていたかのようではないか。

「わたくし、昔からこの場所が好きなの。姫が死んだときもここに上って、この景色をずっと眺めていたわ。時が経つのも忘れてね」

夕焼けを反射して黄金に輝く瑠璃瓦の海を背景に、徳妃の長い髪が風になびく姿は、まるで一幅の絵のように美しかった。

「あのときは、ここから飛び降りて死にたいって何度も思ってたの。でも、そのたびに蔡家のことを考えて思いとどまったわ。そしてそのうち兄のところに凜娥が生まれて……。ときどき遊びに来てくれるあの子の存在が、わたくしをここから遠ざけてくれていたの――」

「景玲よ。そなたに言えるはずがない。お嬢様に余計なことを言ったら、蔡家がどのような憂き目にあうか、わかっているはずだからな」

「……乳母様は、二言目にはそれですわね」

　徳妃は不快そうに眉をひそめた。

「でも、乳母様の言うとおりよ。たしかに蔡家のことを考えれば、わたくしはなにも言えないもの。命じられたとはいえ、わたくしが陛下にロートを使ったことが明るみに出れば、蔡家にも累が及ぶから。だからわたくしは、ここで乳母様が追いかけてくるのを待っていたのですわ」

「どういう意味だ？」

　乳母だけでなく、螢那も疑問に思った。皇后にすべてを話すと言ったのは嘘だったということだろうか。

「本当に乳母様は、お嬢様のためという言葉が、すべての免罪符になると思ってらっしゃる」

「あたりまえだ!!」

乳母はド迫力で断言した。

「我はお嬢様を守らねばならぬのだ。古来、君主の後宮で、なんと多くの女がその地位を追われ、命を落としていったか。それは皇后とて例外ではない。げんに、皇太子たる睿輝様とて、あの男に命を奪われたではないか！」

あの男――侑彗のことだ。

「でも侑彗殿は――」

否定しようと口を開きかけた螢那は、そこで言葉を切った。突然徳妃が笑いだしたからだ。

「ふふ、ふふふふっ！　ああ可笑《おか》しい！　まだそんなことを言っているなんて」

「ええと、なにが可笑しいのでしょう」

螢那は戸惑った。

「だって、乳母様ったら、いまだになにも気づいてないんですもの」

「ええと、それは――」

「あら、もしかして巫女様も気づいてなかったの？　今日になるまで凜娥を訪ねなかったのは、太子様に知られたくなかったからだって言っていたのに」

螢那はまったく意味がわからなかった。乳母も「どういうことだ？」と眉をひそめている。

「乳母様。わたくしですわ」

「なに？」

「あのとき睿輝様が落馬するよう仕向けたのは、このわたくしだと言ったのです」

突然の告白に、乳母の目がこれ以上ないほど見開かれた。

＊

いったいなにがどうなっているのであろう。

螢那は、侍女の杏梨が殺された理由が、二十四年前に華妃を陥れるため、皇帝陛下にロートが使われた件に関わっているとは推測できた。

だけど、それが睿輝皇子の死亡事故にまでつながるなんて、誰が予想できただろうか。

徳妃を赤々と染める夕日が、まるで彼女がこれまで抑えつけてきた怒りや哀しみの感情によって生みだされた情念の焰《ほむら》のように揺らめいて見えた。

「……おまえが、だと？　どういうことだ？」

乳母が、震える声で徳妃に訊き返した。

「ふふ。この期におよんで、まだわたくしが知らないとお思いなのね。わたくしの姫を殺したのがあなたであると」

嘲笑する徳妃に、螢那はまたもや絶句して思わず乳母を振り返る。

「皇后様は気づいていらっしゃるのかしらね。ロートだけじゃない。あなたが陛下の御子を身籠った妃嬪たちに、かたはしから玄冥殿の井戸水を飲ませていたことに」

玄冥殿の井戸水——それは重金属によって汚染された地下水だ。

昨年、玄冥殿に軟禁状態だった淑妃が、それを飲みつづけたことによって貧血になり、また彼女に仕える者たちのなかにも、味覚障害や難聴などの症状を訴える者が後を絶たなかった——。

「ねえ、巫女様はご存じかしら？　もともと玄冥殿が冷宮として使われることが多かったのは、あそこへ入った妃嬪がけっして身籠ることがなかったから。もしくは、身籠っていても流れてしまうから。つまり、罪を犯した妃嬪に皇帝の血を受け継ぐ御子を生ませないための、昔からの知恵だったのだと」

「知恵……」

たしかに、身籠っている人を流産させるのにあの井戸水以上に便利なものなどあるだろうか。

だけど、なぜ乳母や徳妃が玄冥殿の井戸水のことを知っているのだろう。そんな疑問が頭をよぎったが、あまりの事態にすぐに脳内からかき消えてしまう。

「乳母様は、皇后様のもとを訪ねるわたくしに、よくお茶を淹れてくれたわ。あなたは悩むわたくしにいつもやさしくて。……だから気づかなかった。そのお茶を淹れている水が毒だったなんて」

「そなた、いつから気づいて……」

乳母の唇がわななないた。ぺたりと座りこんだ乳母を、徳妃は見下ろしながら嘲笑《あざわら》う。

「ふふ、皇后様よりはやく身籠ったわたくしが許せなかったのよね？　あなたにとって皇后様は、大事な大事なお嬢様ですもの。姫は流れることはなかったけど、産声さえ上げられずにすぐに死んでしまった」

感情を乱すことなく、徳妃は淡々と語っている。だからこそ螢那は、徳妃の瞳の奥に消えることのない激しい炎を感じて怖かった。

「だから、乳母様にとって唯一の例外だったのは、華妃様だけ。華宸妃《しんひ》様だけは、茈薇宮の近くに流れているという湧き水を気に入っていて、乳母様が届けていた水を飲まなかったから」

あの池に流れるという湧き水のことだ。

後宮でもはずれに位置する茈薇宮のすぐ裏手に湧きでているとあって、お茶以外の用途でも、わざわざ離れた井戸から水を運んでくる必要がなかったのだろう。

「彼女はわたくしと違って、皇后様のお茶会にも出なかったもの。だからいつまで経っても子は流れず、焦ったあなたは、いろいろ手を回さざるをえなかった。そして陛下に、不吉な呪いを信じこませるために、わたくしを使ったのよね」

「どうしてそこまでして……」

「巫女様、宸妃なんて位を聞いたことがある？」

言葉を失う螢那に、徳妃は訊ねた。

「ええと、はじめて聞きました」

「宸妃という位は、とくべつなものよ。四夫人とはべつに、新たにつくられた華妃様だけの称号。はじめは、わたくしに徳妃の位を返上させて彼女に与えるなんていう話もあったのよ？　だけど陛下はそれを望まず、わざわざ『宸妃』という位を作って華琇玉様に与えたの」

「それだけ、陛下の寵愛《ちょうあい》も深かった、ということですか？」

「ええ、そう。つまり乳母様にとって、華妃様は『お嬢様』の前に立ちふさがる、これ以上ない脅威だったのでしょうね」

それだけだろうか。

少なくとも皇帝陛下は、子を失った徳妃のことも気づかって、位を返上させることを望まなかったのではないだろうか。

「わたくしね、ずっと考えていたの。姫を殺しただけではあきたらず、わたくしを都合よく利用する乳母様にとって、なにが一番大きな復讐《ふくしゅう》になるか」

「……それで、睿輝皇子を殺したというのですか？」

「殺すだなんて、人聞きの悪いこと言わないで。わたくしは誰のことも殺していないわ」

「だって、先ほど『落馬するよう仕向けたのはわたくしだ』と……」

「そうよ。だって、睿輝様を殺したのは乳母様だもの。わたくしは太子様──年若かった侑彗殿に言っただけ。『あの馬に乗っては駄目よ』と」

そして侑彗は、徳妃の言葉に従ってその馬を避け、惨事を免れられたということか。

ああ、そうか──。

ようやくここにきて螢那は理解した。なぜ侑彗が皇帝陛下の実子とは知らないはずの徳妃が、『今日になるまで麗仁殿に来なかったのは、やっぱり太子様のため？』だなんて訊いたのか。

徳妃は、睿輝皇子の死の真相にまで螢那が気づいていると思っていたのだろう。だから「睿輝皇子の落馬について、侑彗が気にするかもしれないから」という意味で螢那に訊ねたのだ。

「そして睿輝様にも言ったわ。皇帝陛下が侑彗殿に用意したのは、とくべつな馬だと。睿輝様は、いつも侑彗殿のことを意識していたもの。実子である自分よりも、父君の関心を引いていることに気づいていたのね。だから、馬を取り換えさせるのは簡単だったわ」

これはいったい誰だろう。

思い出してさも楽しそうに笑う徳妃は、螢那がいままで抱いてきた彼女の印象とまったく違う人だった。

「いくら、睿輝様を殺したのは侑彗殿だって思いこんでも駄目よ。睿輝様を殺したのは乳母様よ。その事実から逃げるなんて許さないわ。だって、あなたが馬の飼葉にロートを混ぜなければ、睿輝様が落馬することなんてなかったのだから」

螢那は息を呑んだ。

それで馬は興奮状態になり、乗っていた皇子が鞍《くら》から振り落とされたのか。

「乳母様のことですもの。どうせ暴走する馬を止めるとかなんとか言って、侑彗殿に矢を射かける準備もしていたのでしょう？」

しかし皮肉なことに、もともと馬が得意でなかった睿輝皇子は、矢など飛んでこずとも落馬した。

これが、乳母が皇后にぜったいに知られたくない「あのこと」か――。

「おまえが……、おまえが睿輝様を！」

「違うわ。睿輝様を殺したのは乳母様、あなたよ」

「あなたが邪心を抱かなければ、睿輝様が死ぬことはなかった。勝手に記憶をすり替えないで」

真実から逃げることは許さないと、徳妃が乳母を断罪する。

「なにが不服だったのかしら？　睿輝様はとうに皇太子位にあって、遅かれ早かれ皇位に登ったでしょうに。それとも、それだけ乳母様も不安だったのかしら？　——侑彗殿の姿に、あなたが死に追いやった、華妃様の亡霊を見た気がして」

「あああああ！」

乳母が叫んだ。

「違う！　我はすべてお嬢様のために……！」

うずくまるその背中に、徳妃はさらにささやく。

「ねえ、乳母様。華妃様だけじゃないわ。睿輝様が存命のとき、あなたは何人殺したの？　何人の御子を流させたの？　あなたがたくさん殺したせいで、睿輝様を失った陛下は、ほかの世継ぎにも恵まれなかった。気に病まれた皇后様は、いまは若い妃を何人もご用意して、陛下の寝所にお勧めしている始末。そのことを、一番気に病んでらっしゃるのは皇后様よね？　なんて滑稽なのかしら！」

そう、たとえ気が弱いところがあっても、皇帝のことを皇后は深く愛している。だからこそ、実子を世継ぎにと望んでいるはずだ。次代の嫡母になりたいとか、そういった話ではなく。

「若いときは嫉妬深くて、ほかの妃のもとへ通わないよう細心の注意を払っていたあの方が、いまはみずから陛下に若い女を勧めなければならないんだもの。お辛《つら》いわよねえ」

乳母は答えなかった。というより、答えることができなかったのだろう。

「それが、乳母様の気鬱のもと、ですか……」

みずからの手で皇后の皇子を殺してしまったこと。

皇后が望んでもふたたび子を身籠ることはなく、その気鬱は年々どんどん膨らんでいったに違いない。満足に眠ることもできないほどに。

「ふふふふ！　ああ愉快だわ！」

「おのれ……」

乳母は顔を上げたかと思うと、突然徳妃につかみかかった。

「許さんぞ⁉　おまえも蔡家も、ぜったいに許さぬ！」

「本当に嫌な方。もう二度と、蔡家に手出しはさせないわ。凜娥にも——」

そう言うと徳妃は、螢那にすっきりとした笑みを向けた。

「巫女様。あの海棠の花は、いつもよりずっと長く咲いてくれたわ。ありがとう」

それが、螢那がミョウバンを擦《す》りこんだ枝のことを言っているのだと気づくまで、一瞬かかった。そのせいで、彼女が徳妃の意図に気づいたときには遅かった。

たいした力もないはずの老婆に押された徳妃がよろめいたかと思うと、その身体が不自然にぐらりと傾《かし》いだのだ。

「徳妃様!!」

そして螢那は、城壁の下へと落ちていく徳妃を、信じられない思いで見つめるしかできなかった。

＊

「っ――」

はっと我に返り駆け寄った螢那は、転落防止の壁面から身を乗りだすようにして徳妃の姿を探した。しかし彼女は、すでに城壁沿いに生い茂った木々のなかへ消えており、見つけることができない。

城壁の――この高さから落ちれば、まず助からない。まさか徳妃が、みずから死を選ぶなんて――。

現実のものとは思えなくて螢那が身動きできずにいると、やがてうめくような乳母の悲鳴が聞こえた。

「ひっ、お嬢様……」

視線をやると、震えている乳母の肩ごしに、楼閣のほうからこちらに向かってくる一団が見えた。その先頭にいる皇后を目にして、螢那はようやく徳妃の意図を理解した。

そうか。昭寧楼が見えるということは、この場所はあちらからも丸見えなのだ。

皇太后の帰還を祝う宴に参加することなく、この場にいる三人は、さぞかしひんしゅくを買って目立っていたことだろう。

そして楼の露台にいたはずの皇帝や皇后の角度からは、まるで乳母が徳妃を突き飛ばしたように見えたのではないかと。

いかにこれまでの乳母と徳妃の立場が逆転していようと、実質的には妃である徳妃のほうが、乳母よりはるかに身分が高いのだ。

これだけの衆目があれば、皇后もかばいだてはできない。

四夫人のひとりを城壁から突き落として死なせたとあれば、乳母は斬首となるかもしれない。しかし濡れ衣と主張すれば、徳妃がそのようなことをした経緯を話さなければならなくなる。乳母がもっとも知られたくない十年前のことも――。

螢那がそう考えたときだった。

「……言わせぬ」

不穏な気配を感じて螢那が振り向こうとしたときには、彼女の眼前に乳母が迫っていた。

「なっ――」

「お嬢様には言わせぬ……！」

気がつくと、乳母の手が螢那の首にからみついていた。

「っ……」

枯れ枝のようなその指の、どこにこれほどの力があったのだろう。

ぎりぎりと喉を絞められながら、もともと壁面に身を乗り出していた螢那の身体は、さらに外へと押し出されてしまう。

足が浮き、煉瓦の頂面にわずかに触れている爪先だけでは、乳母の力に抵抗して踏みとどまることさえできなかった。

「こ、こんなことをしても無駄です。皇后様もきっと気づく――」

乳母は、睿輝皇子を殺してしまったことを、この期に及んでまだ隠蔽《いんぺい》しようとしているのか。

そう思ったら、その執念にぞっとした。

息ができず、乳母の手から逃れようと、螢那は身をよじりながら必死に城壁にしがみつこうとした。

「いいや、お嬢様が気づくことなどない。おまえの口さえ封じてしまえば」

「いやいやいや！　だからって殺さないでくださいー!!」

乳母は、徳妃だけでなく螢那を手にかけた殺人犯として捕らえられることなど、まったく意に介していない。どんな罪で裁かれようと乳母は、自分の過失で睿輝皇子を死なせてしまったと皇后に知られさえしなければ、それでいいのだ。その一念だけで、螢那を殺そうとしている。

ずりっと、壁面の上で螢那の身体が滑る。

はやく誰か来て――。

だけど、ああまだ、皇后たちの姿は遠い。見張りの兵たちも、皇后の乳母に対してためらいがあるのが、矢が飛んでくることもなかった。

このままでは窒息する前に城壁から落とされてしまう。乳母を押しのけようとする手が空を掻いた。

もう駄目だ――。

そう思った瞬間、ふっと乳母の手が外れた。

「ちょっと、あなた大丈夫!?」

「さっ……い、ひん様!?」

急に入りこんできた空気に咳きこみながら目をこらすと、螢那の身体を引き下ろしてくれたのは蔡嬪だった。

どうしてここに？　声を出せずに視線で問うと、彼女は言い訳するように口を開いた。

「だ、だって、さっき叔母様の様子がおかしかったし、あのままひとりで部屋にいるなんてできなかったんだもの……！　そうしたら、こんなことになるなんて――」

きっと彼女は、叔母が城壁から落ちるところを、見てしまったのだろう。青ざめた表情が、それを物語っている。

「まさか、話も全部聞いて……」

「このっ、小娘が――！」

蔡嬪に突き飛ばされていた乳母が、起き上がって彼女にも襲いかかろうとする。

しかし螢那が身構えると同時に、突然乳母がダンッと前へと倒れこんだ。

背後から乳母を襲ったのが喬詠の棒だと気づいたときにはもう、大股で歩み寄ってきた影が、倒れた乳母の動きを封じるようにその服を踏みつけた。

「侑彗殿――!?」

螢那が目を見開いた先で侑彗は喬詠の棒を拾いあげ、首をひねって彼を見上げた乳母の真上で垂直に構える。

「ひい!!」

「やめっ――」

螢那が思わず制止しようとした瞬間、乳母の目元すれすれのところに棒が突き入れられた。

恐怖に見開かれた乳母のこめかみに、うっすらと血がにじむ。

「そう簡単に殺すわけがないじゃないか。なにがあったのか、すべて話してもらわないとね」

そして無表情のまま告げた侑彗の声が、螢那でさえぞっとするくらい冷たく響いたのだった。

終章

「瑠宇にこんな特技があったなんて驚きですー」

凜娥の顔に刷毛《はけ》を滑らせる瑠宇に螢那は感心した。

「皇后が化粧されているところを何度も見てるし、もともと絵は得意だしね」

「へえぇ」

「だいたい、なんでみんな流行だなんだって似たような顔を目指すんだろうねえ。顔のつくりも、似合う化粧もそれぞれ違うっていうのにさ」

鏡に映っている顔は、叔母である徳妃とはあまり似ていない。蠱惑的な眼差しもいまはなく、そばかすもうっすらと透けて見える。しかし橙色《オレンジ》を基調とした化粧は彼女の溌剌《はつらつ》とした雰囲気を強調し、健康的な美しさがなんとも魅力的だ。

きっと、螢那が勧めたミョウバン水で洗顔しているのもよかったのだろう。

ミョウバンには毛穴を引き締める効果があるし、吹き出物《ニキビ》もできにくくなったらしくて、自然由来の白粉をつけるだけで十分きれいな肌に見える。

「すごいですー！　目力も逆に上っている気がします！」

「ふん。悪くないわね」

食い入るように鏡を見ていた凜娥が、はっとした様子でうそぶいた。瑠宇はそれを鼻で笑って――。

「素直じゃないねえ」

「な……！　あなた、ただの宮女ふぜいが、わたしにそんな口を利くなんて」

「その宮女ふぜいの化粧が気に入ったんだろ？　しかもあんただってもうすぐ妃嬪でもなんでもない、ただの無官になるじゃないか」

そう、凜娥は明日にはこの後宮を去るのだ。

あの日、城壁の下で徳妃の死亡が確認されたあと、彼女の胸元から皇帝陛下への上奏文が見つかったからだ。

それは、北苑に自生していたロートを山菜と間違え誤食した宮女がふたり死亡したことを報告し、後宮を騒がせたことを詫《わ》びるためのものだった。

そのうえで徳妃は、姪である蔡嬪が、侍女の不慮の死に責任を感じて心を病んだため、後宮を辞すことを許してほしいと訴えていたのだ。

ひとたび後宮に入った妃嬪が、理由もなく後宮を辞すなど通常では許されることではない。妃へ冊封されることが決まっていればなおさらだし、それが表だって取りざたされているだけでも、自分で勝手に去就を決めることなど不可能だ。

だが乳母の過失によって城壁から転落し亡くなった徳妃へは同情が寄せられ、皇帝陛下や皇后も凜娥が後宮から下がることを許可したという。

きっと徳妃は、はじめからこのつもりだったのだろう。

彼女が二十四年前に皇帝陛下にロートを盛ったことや、十年前の睿輝皇子の死亡に関わっていることが明るみに出れば、蔡家へ罪が及ぶのは必至だ。

それを避けて乳母に罪を負わせ、凜娥をこの後宮から出すには、自分の死をもってしかできないと彼女は考えたに違いない。

そして徳妃の思い描いていた筋書き通りに、事件は落着した。

それはすべてを悟った凜娥が、みながそう思うよう、皇帝や皇后からの下問に積極的に答えたからでもあった。

後宮の規律に厳しい皇后の乳母が、妃の立場で陛下に私事を上奏することを許さず、昭寧楼へ向かおうとしたところを止められてもみ合いになったすえ、誤って転落したと――。

凜娥が杏梨の死後、病と言って部屋に閉じこもっていたこともあり、その信ぴょう性について疑われることもなかった。

もちろん掖庭局に捕らえられた乳母が、真実を話すはずもない。

『お嬢様には言わせぬ……！』

だから螢那も、乳母のこの上なく身勝手なその言葉を、結果として受け入れざるをえない状況になっている。

真実をすべて口にすれば、乳母が斬首されるだけではもうすまない。乳母の親族や、凜娥を含めた徳妃の一族も、連座ですべて処刑されるとなれば、おいそれとすべてをつまびらかにできるほど、螢那も情の薄い人間ではないのだ。

嫌いな嘘を吐く必要もなく、彼女は訊かれたことにただうなずけばよいだけだった。

乳母が螢那を城壁から落とそうとしたのも、徳妃のことで動転した乳母が過失を隠そうと衝動的にしてしまっただけだと。

「でもあんた、見たところぴんぴんしてそうだけど。いくら叔母に言われたからって、本当に後宮を去るんでいいのか？　物好きにも、あの太子を気に入ってたんだろ？」

「べつにそこまででもないわ。太子様のことなんて、本当はそれほど好きってわけでもなかったし」

「ええと、そうなんですか？」

「そりゃあ、自分の親のような年の相手より、若いほうがいいに決まってるでしょ？　だから乗り換えたかっただけよ」

本心なのか、それとも悔しまぎれなのかはわからないけれど、凜娥がそう肩をすくめる。

「はっ！　相手にされなすぎて、あきらめただけだろ？」

悪態をつきながらも瑠宇は、仕上げにと、凜娥の唇に淡い紅を差してやる。たぶんこの化粧は、後宮を去る凜娥に対する瑠宇なりの餞《はなむけ》なのだろう。

それがわかっているのかいないのか、凜娥も鼻で笑って言い返す。

「ふん！　うるさいわね！　もういいのよ！　だってあの人、ちょっと思っていたのと違う人みたいなんだもの。あんなに冷たく笑える人だなんて……」

どうやら凜娥は、城壁で目にした侑彗の笑みに、彼の本性を見たらしい。その言葉に、ようやく気づいたかとばかりに瑠宇が肩をすくめた。

「だいたい叔母様の言ったとおりだったわ。こんな危ないところからは、さっさと逃げるにかぎるもの。後宮《ここ》にいたら、命がいくつあっても足りないわ。だからあなたも、さっさと逃げないと殺されるわよ？」

　わたしたちは、危険すぎる事実を知ってしまっているのだから——。

　凜娥はそう、暗に螢那に告げてくる。あながち脅しとは言いきれずに螢那は「やめてくださいー」と眉を下げた。

「それにね、小さいころはわたし、実家の商売を継ぎたいと思ってたのよ。だからこの結果にはけっこう満足しているの。嫁いだ相手にすべてを左右される人生じゃなくて、自分の力で自由に生きていってやるわ」

まるで外の世界へ放たれる蝶《ちょう》のように顔を輝かせる凜娥を、螢那はちょっとだけうらやましく感じた。

「ほらよ！」

そうして出来上がった凜娥の顔は、いままで見たどの彼女よりも美しく見えた。

「よかったですね！　このお化粧だったら目が小さいことなんて、まったく気になりませんよ！」

「……あなた、本当に嫌な女ね」

「ええ!?」

励ましたつもりなのに、螢那には凜娥に心底嫌そうな顔をされる理由がわからない。

「まあいいわ。これでお父様をあっと言わせてやるんだから」

角度を変えて何度も鏡を見つめ、凜娥はなんだかんだとうれしそうな笑みを浮かべる。

表面的にはどうであれ、自分を可愛がってくれた叔母の死は、凜娥の心に暗い影を落としているに違いない。それでも、前を向いて歩こうとしている凜娥を、螢那は応援したいと思った。

『あの子が無事後宮を出られるよう、巫女様も協力してくださる？』

それが、徳妃の願いでもあったからだ。

だけど螢那は、このますべての真実を闇に埋もれさせていいとも思っていなかった。

杏梨が転落死した経緯も——。

二十四年前に華妃が陥れられた事実も——。

そして前皇太子が亡くなった原因も——。

乳母の妄執によって引き起こされた数々の悲劇を明らかにしなければ、華妃の無念も、ほかに子を喪《うしな》った妃嬪たちの痛みも、北苑の秘密を守るために殺されてきた人々の怨《うら》みも、晴らされることはないからだ。

『琰王朝にかけられた呪いを解き、世継ぎ問題を解決できるのは巫女のみ』

高祖の示唆《しさ》していた「呪い」とは、こういうことだったのだろうか。そう信じてしまいそうになるくらいドロドロとした現実に、螢那はぞっとする。

しかし高祖が予言を遺したのは、二十四年よりもずっと前のこと。

予言に関係あるはずがない。

そうは思うのだが、とうてい一介の女官に抱えきれるようなものではない事実に、螢那の気は滅入《めい》るばかりだ。

「私には重すぎますー」

どうしていいかわからない。そう螢那はため息をこぼすしかなかった。

＊

せめて侑彗には、真実を告げるべきだろうか。

だけど、母である華妃を陥れた真犯人を知った侑彗が、すべてを知ったらどうするのか、予想がつかない。

それを考えだすと、彼に打ち明けようとする心に迷いが生じてしまう。

（だって……）

『お嬢様が気づくことなどない』

乳母はそう言っていたけれど、睿輝皇子のことはともかく、あの皇后が乳母の行いにまったく気づいていないわけがない。

『これは死者の呪いなのだ。だが妾《わたくし》を呪いたいのならば、好きに呪えばいい。妾は逃げも隠れもせぬ』

氷を嚙みつづける皇后の姿を思い出し、凜娥や瑠宇と別れた螢那は、ふらふらと御花園のほうへと向かっていた。

とくに用があるわけではないが、話せないことがある状態で、人といるのはまあまあ辛い。そうため息をついたときだった。

「ひゃあ！」

突然、耳にふっと息を吹きつけられて螢那は飛びあがった。

「な、なにをするんですか！」

耳を押さえて後ずさると、そこにいたのは変態――もとい掖庭丞の葉凱だった。

「な、なにか用ですか!?」

真実を口にできない脛《すね》に疵《きず》ある身では、どうにも逃げ腰になってしまう。そんな螢那を、葉凱は細めた目でじっと見つめてくる。

「乳母の婉環殿が、牢で亡くなりました」

「ええ!?」

なにが起きたのかと螢那は驚愕した。

「薬師の見立てでは、心の臓の発作のようです。残念です。まだなにも語っていただけていないのに」

たしかに乳母は、心臓が少し弱かった。皇子を殺してしまったことを皇后に知られやしないかと気に病んで、それが負担になったのだろうか。

だけど、こんなにタイミングよく亡くなるなんて――。

「言っておきますが、あなたへの疑惑が、完全に晴れたわけではないですよ」

「ま、まさか私が乳母様を殺したと思っているんですか？」

「そうは言っていません。ただ──この件は不可解なことが多いと思いましてね」

「ふ、不可解なこと？」

「じつは皇后宮の宮女がひとり、婉環殿が捕らえられたあとに姿を消していまして」

「え？」

宮女──？

もしかしてその宮女は、瑠宇の名前を騙って萌蓮に作らせたスープに、実際にロートを混入させた者ではないだろうか。

今回の事件では、杏梨もロートを盛られたうえで昭寧楼に呼び出されているし、乳母の命を受けて動いた者がいるのではないかと気にはなっていたのだ。

しかしもしそうだとしたら、その宮女はどこに行ったのだろう。後宮から逃げたのだろうか。

「これは偶然なんでしょうかねえ？」

しかしいまは、じろじろと見てくる葉凱をごまかすのに精いっぱいだ。

「いや、でも、本当に杏梨さんは、ロートという毒草を食べて落ちてしまったんですってば！」

嘘が嫌いな螢那は、せめて嘘にならない形でわたわたと叫ぶしかない。

「そういう話らしいですね。まあこの件はいいでしょう。長生殿のほうから、あなたがあの夜に昭寧楼に行ったはずがないと、ご証言いただきましたし」

螢那はほっとしかけ、しかしこれだけはと思って言い返した。

「ていうか！　拷問しようとする前に、いろいろもっとちゃんと調べてくださいよ！」

「本人に話させるのが一番手っ取りばやいではないですか」

「そういう問題じゃないですから─！」

「後宮に勤める者は──」

「はい？」

「表だって上からの命には逆らえません。なので、上の者が反論しようのない状況を作りあげるしかないんですよ」

わかったようなわからないような……。

だけどそういえば、侑彗が取り寄せてくれた杏梨の詳細な遺体調書を書いたのは、彼だった。意外と、緻密《ちみつ》に事実を積みあげていくタイプなのだろうか。

「つまり、あのとき葉凱様は、私を拷問する気はなかったってことですか……？」

「いいえ？　いまでもしたいですよ。あなたがいろいろ怪しいのは事実ですからね」

「あー、さいですか」

それはもう、彼の嗜好《しこう》の問題ではないかと、螢那はがっくりとする。

「それに侶賢妃様の件、私が後宮を留守にしている間、あなたには世話になったようですから」

これはつまり、ライバル視されてしまっているのだろうか？

「それに、いまはあなたが、なにか隠しているのもわかりますからね。正当な動機でしょう？」

「な、なななな……なにも隠していませんよ！」

「フフ、まあいいでしょう。また次の機会を楽しみにしていましょう」

「ないですよ！　次の機会なんて!!」

葉凱の鋭い視線にドキドキしながらも、冗談じゃないと螢那が叫んだときだった。

「僕の巫女になにか用かい？」

「いやだからあなたのじゃないんですけど……」

横から牽制するように割りこんできた侑彗に、螢那はもう何度目かもわからない訂正をする。

「いえ、殿下。この女官に、なかなか見どころがあると申し上げただけですよ。では――」

そんな話だっただろうか？

首をかしげていると――。

「まったく、油断も隙もない」

去っていく葉凱の背中をにらみつづけながら、侑彗が毒づいた。

「だいたい君もどうかしているよ。彼に拷問されかかったのを忘れたのかい？　きちんと会話してやるなんて甘すぎるよ」

「まあ、婆さまのスパルタ教育に比べれば、死霊がからまないぶん、まだマシかもしれないですし……」

肉体と精神を苛む、螢那にとってあれこそ拷問である。

「それだよ、君は心が広すぎるんだ！　斬首されそうになった皇后にだって、君は甘いじゃないか！」

「誘拐犯に対してもですけどね」

つい冷めきった眼差しで侑彗を見てしまう。

いや、しかし、祖母のスパルタ教育をすべての基準にしてしまうのが、まずいのだろうか。はたとそう思ったところで、気がつくといつものように侑彗に手を握られている。

「そう。僕のすべてを許してくれるのは君だけだ」

「いや、許しているわけでは……」

螢那は嫌味を言ったつもりだったのに、侑彗にはまったく効いていない。

「だからなにも訊かないよ。今はね」

いつになく真摯《しんし》な目で見つめられ、どきりとする。

「な、ななな、なにがでしょう――」

「だから、話せるようになったら教えてくれるかい？」

螢那がロートを盛られたことを知っている侑彗にとって、今回の顚末は茶番以外のなにものでもないはず。

それでも彼は、あれから一度も螢那を問い質そうとはしなかった。

いつだって、こちらの意思などまったく無視だというのに、たまにこうして尊重されたら逆に始末が悪いではないか。

彼を突っぱねられない自分もどうかしていると思いながら、螢那は訊ねた。

「……陛下を恨む理由はないと思ったって言ってましたけど――」

「うん？」

「侑彗殿は、華妃様を陥れた相手のことは恨んでいるんですよね？」

牢で突然乳母が死んだことを、侑彗はもう聞いているのだろうか。

そのことに、侑彗が関わっていなければいい。いや、関わっているはずがないと信じて、螢那は訊ねた。

じっと侑彗を見つめた彼女に、彼は虚をつかれたように一瞬黙った。そして答えることなく訊き返した。

「君は？」

「私、ですか？」

「あの掖庭官だけじゃない。君の母上は、巫女が疫神を招いたと信じた民衆に殺されたと言っていたね？　その後君は、父君には放っておかれ、祖母君からは理不尽な教育を押しつけられたんだろう？　そのほかにも義母君には宿ごと焼き殺されそうになったし、皇后には斬首されそうにもなったじゃないか。なのに、君は誰のことも憎んだり、恨んだりしていないように見える」

また侑彗は、都合よく自分の誘拐の事実を忘れている。

「どうしてそんなことが可能なんだい？」

「可能というか……」

こうして列挙されると、たしかにさんざんな気もする。

しかし螢那は慎重に言葉を選びながら答えた。

「……強い感情を持って、それが死ぬときの未練になるのが嫌なんですよ」

「……どういうことだい？」

「死んだときに、死霊になってこの世をさまよいつづけたくありません」

死霊はみな、未練によってこの世に留まっているように見える。だからこそ、螢那は感情に囚《とら》われて生きていくのが怖かった。

「強い感情？　じゃあ僕を好きになってくれないのもそのせい？」

「っ、それは、あなたが信じられないからです」

ああもう、これだから油断も隙もない。

そう答えながらも、心のなかのどこかで「そうかもしれない」とも螢那は思う。

侑彗のことはともかくとして、螢那は誰にたいしてもそういう感情を持ちたくないのだ。

心を揺さぶられるかもしれないその領域に入りたくないから――。

「じゃあ君が僕のことを信じられるようになればいいんだね？」

「無理だと思いますけど……」

息を吐くように嘘をつく男を信じるなんて自殺行為だ。

だけど螢那は、侑彗の言葉にぞわりとする。

――領域に踏みこみたくないというのなら引きずりこむだけさ。

彼の口が、そう動いた気がして。

だから螢那は、疲れきった口調で言うしかできなかった。

「ほんと、かんべんしてください……」と――。

参考文献

『中国シャーマニズムの研究』中村治兵衛（著）／刀水書房
『中国の巫術』張紫晨（著）・伊藤清司＋堀田洋子（訳）／学生社
『儒教とは何か』加地伸行（著）／中公新書
『中国人の死体観察学『洗冤集録』の世界』宋慈（著）・徳田隆（訳）・西丸與一（監修）／雄山閣出版
『天工開物』宋應星（著）・藪内清（訳注）／平凡社
厚生労働省「自然毒のリスクプロファイル：高等植物：ハシリドコロ」
https://www.mhlw.go.jp/stf/seisakunitsuite/bunya/0000079840.html　二〇二三年八月二十九日取得
日本救急医学会中部地方会、二〇二一年、『日本救急医学会中部地方会誌』「山菜と誤食したハシリドコロによる急性中毒の2例（夫婦例）」白子隆志他（著）
https://www.jaam-chubu.jp/images/journal/_2021/2021vol17_04.pdf　二〇二三年八月二十九日取得

本書のプロフィール

本書は書き下ろしです。

小学館文庫

後宮《こうきゅう》の巫女《みこ》は妃《きさき》にならない

美《うつく》しさは罪《つみ》ですか？

著者　貴嶋啓《きじまけい》

二〇二三年十一月十二日　初版第一刷発行

発行人　石川和男

発行所　株式会社　小学館

〒一〇一-八〇〇一

東京都千代田区一ツ橋二-三-一

電話　編集〇三-三二三〇-五六一六

販売〇三-五二八一-三五五五

印刷所――TOPPAN株式会社

この文庫の詳しい内容はインターネットで24時間ご覧になれます。

小学館公式ホームページ　https://www.shogakukan.co.jp

ISBN978-4-09-407312-6